唐木田さんち物語

作・いとうみく
画・平澤朋子

毎日新聞出版

もくじ

八人きょうだい

黒板《こくばん》にでかでかと書かれた作文のテーマを見て、ため息《いき》をついた。

『ぼくの・わたしの家族《かぞく》』

またかよっ。

一年生の頃《ころ》から何度《ど》書かされたことか。そのたびにどんだけオレが苦労《くろう》してるのかわかってんのかな。って、そんなのわかるわけないか。

作文用紙をじっとにらみつけていると、隣《となり》の席《せき》の江上《えがみ》あかりが顔を上げた。

「なにやってるの、早く書かないとチャイム鳴っちゃうよ」

「わかってるよ」

江上はもう半分くらい文字が埋《う》まってる。

「よくそんなにすらすら書けるな」

「そう？　べつにふつうだけど」

まわりを見ると、たしかにみんなそこそこマス目が埋《う》まってる。

「唐木田《からきだ》だったらいくらでも書くことあるんじゃない？」

「ねーよ」

オレがムッとすると江上は、ふーんと言ってまた作文用紙に視線《しせん》を戻《もど》した。

家族《かぞく》かぁ。

そりゃたしかに書こうと思えばクラスの、いや学校中の誰《だれ》よりネタはあるし、たぶんインパクトもあると思う。

だけどそんなことぜんぜん書きたくない。なんで家族《かぞく》のことをみんなに公開《こうかい》しなきゃならないんだ。マジ意味《いみ》わかんねえし。

つーか、こういうのって個人情報《こじんじょうほう》の侵害《しんがい》って言うんじゃないの？

だいたい書けば書いたで、家族《かぞく》から大ブーイングだ。

三年のときだって……。

あのときもなかなか書けなくて、しかたがないから家族全員《かぞくぜんいん》の簡単《かんたん》な紹介《しょうかい》を書いてみた。とうちゃんは写真家《しゃしん》だけど、カメラを持《も》ってうろうろしているとあやしまれて、よくおまわりさんに職質《しょくしつ》されるとか、かあちゃんの得意料理《とくいりょうり》は鉄板焼《てっぱんや》きだとか。四歳《さい》上のよう兄がアイドルグループのクリアファイルと缶《かん》バッジを引き出しの奥《おく》に隠《かく》してるとか、妹の三音《みおん》が小さいときにゴキブリをカブトムシだと思って捕《つか》まえようとしたとか。

クラスでは大うけだったけど、それがどういうわけか三音にバレて、三音がみんなに言ったことでオレはさんざん文句《もんく》を言われたあげく、その後数日間、みんなの使《つか》いっ走りをさせられた。

べつに話を盛《も》ったわけじゃない。事実《じじつ》を事実《じじつ》のまま書いただけだ。

「うそなんて書いてないじゃん」って、文句《もんく》を言ったら、「だから問題《もんだい》なんだろ！」って、よう兄に、にらまれた。

そんなリスクを抱《かか》えてまで、家族《かぞく》の紹介《しょうかい》なんて書くもんじゃない。

オレんちがほかの家とはちょっと違《ちが》うってことに気がついたのは、小学一年生のときに書いた家族紹介《かぞくしょうかい》の作文がきっかけだった。

作文は授業参観《じゅぎょうさんかん》で発表《はっぴょう》するってことになっていて、当日オレは、はりきって手をあげた。

「じゃあ唐木田くんお願《ねが》いします」

先生にさされたオレは、立ち上がって大きな声で読みはじめた。

「ぼくのかぞくは、おとうさんと、おかあさんと、いちねえと、かずにいと、あゆねえと、ようにいと、みつにいと、いもうとのみおんとぼくの九人かぞくです」

と、冒頭部分《ぼうとうぶぶん》を読んだところで、教室のうしろで参観《さんかん》していた親たちがどよめいた。

わーすごい。
すごいわねぇ。
え、子ども七人?
いまどきめずらしい。大家族《かぞく》かー。
パラパラと聞こえてきた単語《たんご》が、つきささった。
べつに悪口《わるぐち》を言われたわけじゃない。それはわかっているんだけど、オレんちって
ふつうじゃないんだって、そのとき思った。
ちなみに二年前、弟の結介《ゆうすけ》が生まれて、現在《げんざい》オレんちは十人家族《かぞく》だ。
もう一回ため息《いき》をついて、作文用紙の上に鉛筆《えんぴつ》を転《ころ》がした。
「はい、うしろから集《あつ》めてー」
はーい、とか、えーという声が教室の中に、わっとあがった。
結局《けっきょく》オレは、
『ぼくの家族《かぞく》』　五年一組　唐木田志朗《しろう》
と、タイトルと名前を書いただけで六時間目の授業《じゅぎょう》は終《お》わってしまった。
「この続《つづ》きは来週やります。今日あんまり進《すす》まなかった人は、しっかり考えてきてね」
そう言って、担任《たんにん》の末永《すえなが》先生は「イタタ」と大きなおなかに手をやった。
「先生、大丈夫《だいじょうぶ》?」

何人かの女子が立ち上がると、先生は「平気平気《へいきへいき》」と笑《わら》って、スイカみたいに大きくなったおなかに手をあてた。

「さっきからおなかを蹴《け》るのよ。赤ちゃんが元気な証拠《しょうこ》。あ、また」

女子たちはすごーいとか言いながら、先生のまわりに集《あつ》まって、おなかに手をあてさせてもらってる。

「あ、本当だ、動《うご》いた」

「えーあたしもさわらせて」

「わーすごい」

たしかにあれはすごい。

すごいっていうか、グロい。

オレも結介がかあちゃんの腹《はら》の中にいるとき、何度《ど》もさわらせてもらった。にゅるって動《うご》いたり、とんとつかれたり、なんていうか、すごいんだ。

かあちゃんの腹《はら》の中に赤ちゃんがいるんだってことは、大きくなった腹《はら》を見ればわかるし、わかってたつもりだった。

けどあの瞬間《しゅんかん》、オレははじめて、かあちゃんの腹《はら》の中に生きものが入っているんだって、実感《じっかん》した。

「赤ちゃん産《う》むのって痛《いた》いんでしょ？」

「先生こわくない？」

女子たちがかわるがわる先生のおなかに手をあてながら言った。

「こわいって言ったら、こわいかな。はじめてだし」

だよねー。

女子たちが顔を見合わせている。

「でもね、いまはこわいより楽しみ」

先生は自分で言ったことばに、うん、と、うなずいて笑《わら》った。

「おなかが大きくなっていくごとにね、楽しみのほうが大きくなってきたの。自分でも不思議《ふしぎ》なんだけど」

真面目《まじめ》な顔をして聞いている女子たちのまわりで、男子もなにげに耳を傾《かたむ》けている。

「先生、最近《さいきん》思うんだけど、家族《かぞく》って少しずつ変《か》わっていくものなのよね」

そういえば、オレんちもそうだ。二年前に結介が生まれてから、いろいろ変《か》わった。

朝についているテレビは、情報《じょうほう》番組から『おかあさんといっしょ』になって、お風呂《ふろば》場の石けんは無添加無香料《むてんかむこうりょう》になって、湯船《ゆぶね》に浮《う》かんでるのはアヒルの人形。庭《にわ》に干《ほ》してある洗濯物《せんたくもの》には、オレや三音の服《ふく》よりずっと小さいシャツやズボンが紛《まぎ》れていて、カレーは辛口《からくち》と甘口《あまくち》だったのが、辛口《からくち》と幼児《ようじ》用の甘口《あまくち》になった。

幼児《ようじ》用の甘口《あまくち》は、もはやカレーじゃない。間の抜《ぬ》けたシチューだ。正直ちっともうまくないけど、オレと三音ととうちゃんは辛《から》いのは苦手《にがて》だから、しかたなく結介仕様《しよう》のカレーを食べている。

とうちゃんは、「あと一、二年もしたらふつうの甘口《あまくち》にもどるから」って笑《わら》ってるけど、その頃《ころ》にはオレは辛口《からくち》を食べている予定《よてい》だ。

変《か》わっていく……か。

「先生、赤ちゃん生まれたら写真送《しゃしんおく》ってね」

今度《こんど》はあたしあたし、とおなかに手をのばしながら江上が言った。

「うん、送《おく》るわね」

「やったー！」

「早く見たいね」

「楽しみ」

「女の子のほうがいいなー」

「先生、約束《やくそく》ね」

先生は笑《わら》いながら、こくんとうなずいた。

「わかった。約束《やくそく》」

そう言ってピンとのばした先生の小指《こゆび》に、女子たちの小指《こゆび》が五本、ごちゃごちゃっとからみついた。

「ただいまー」

玄関《げんかん》を開《あ》けると、リビングのドアの前に三音がいた。オレの一歳《さい》年下の妹だ。

「なにやってんだよ」

「しーっ」

三音は振《ふ》り返《かえ》るとオレをにらむようにして人さし指《ゆび》を口の前で立てて、またドアに顔を近づけた。

「なにやってんだよ」

今度《こんど》は小声で言うと、三音は声を出さず「い、ち、ね、え」と口を動《うご》かした。

だから、いち姉がどうしたんだ。

三音の頭の上から中を覗《のぞ》いてみると、食卓《しょくたく》のところに、いち姉とかあちゃんがいるのが見えた。

かあちゃんはヒジをついておでこに手をあてている。なにか困《こま》ったときにかあちゃんがよくするポーズだ。で、いち姉は、背筋《せすじ》をのばしてかあちゃんをじっと見ている。

ふたりとも黙《だま》ったままで、空気が痛《いた》い。

いち姉の名前は一子《いちこ》。唐木田家の長女で二十二歳《さい》。保育士《ほいくし》だ。ちょっとヌケてるところもあるけど、面倒見《めんどうみ》がよくて、洗濯《せんたく》も料理《りょうり》もうまくて、きょうだいのなかで一番やさしい。

かあちゃんに怒《おこ》られたときも、いち姉は気がつくと隣《となり》に来てくれて、文句《もんく》とか言い訳《わけ》とか、モヤモヤしていることを、黙《だま》って聞いてくれる。で、最後《さいご》にはどんなときも、「しょうがないなぁ」って、笑顔《えがお》で頭をぽんとして、かばってくれる。

でも、いまリビングにいるいち姉は、あきらかにいつもと様子《ようす》が違《ちが》う。

なにがあったんだ?

つーか、だいたいなんでこの時間に、いち姉がいるんだ? 仕事《しごと》は?

オレがぐるぐる考えていると、三音が服《ふく》をひっぱった。

なんだよっ。

無言《むごん》のままにらみつけると、三音は人さし指《ゆび》を上に向《む》けた。

二階《かい》へ来いってことか?

妹に命令《めいれい》されるのは気にくわないけど、一時停止《ていし》してるみたいなかあちゃんといち姉を見ていてもしかたがない。小さくうなずきながら、リビングの戸をそっと閉《し》めて、二階《かい》へ上がった。

二階《かい》には、いち姉、高二のあゆ姉、三音が使《つか》ってる六畳《じょう》、それから、十九歳《さい》のかず兄、中三のよう兄、中二のみつ兄、オレの四人が使《つか》ってる八畳《じょう》。それから三畳《じょう》くらいの納戸《なんど》がある。

ちなみに一階《かい》はリビングダイニングと、とうちゃんとかあちゃん、結介の寝室《しんしつ》がある。

三音のあとについて六畳《じょう》の部屋《へや》に入ると、あゆ姉がいつも使《つか》ってる甘《あま》い香水《こうすい》の匂《にお》いがした。

「よくこんなくさいとこにいるな」

オレが窓《まど》を開《あ》けると、三音は「慣《な》れた」と言って一つだけある勉強机《べんきょうづくえ》のイスに座《すわ》った。

「志朗たちの部屋《へや》よりはマシだし」

まあ、それはそうだ。オレたちの部屋《へや》は基本《きほん》、体育倉庫《たいいくそうこ》みたいな匂《にお》いがする。サッカー部《ぶ》のみつ兄が、ユニフォームだとかソックスとか、すねあてをカバンから出し忘《わす》れたときなんて、あまりのくささにめまいがする。

それに比《くら》べればマシってのは、たしかだ。

ちなみにみつ兄の名前は光希《みつき》。中二で三男。四男のオレ同様《どうよう》、みつ兄もきょうだいのなかでは埋《う》もれがちなポジションだ。

「つーか、志朗って呼《よ》び捨《す》てにすんのやめろって言ってんだろ、にーちゃんって言えよ」

「やだ。一コしか違《ちが》わないのに。だいたい精神年齢《せいしんねんれい》だって三音のほうが上だってお父さんが言ってたもん」

ちっ、なんだよ。

とうちゃんは昔《むかし》っから三音に甘《あま》い。だからこんなに生意気《なまいき》になるんだ。

「で、なんだよ。いち姉なんかあったわけ?」

そうそう、と三音がぐっと身《み》を乗《の》り出した。

「昨日《きのう》、いち姉の帰り遅《おそ》かったでしょ」

「そうだったっけ?」

「十二時過《す》ぎてた」

「なんでおまえがそんなこと知ってんだよ」

「起《お》きてたもん」

思わず、ぐっと声がもれた。

そうなんだ。三音たちはなにをしているのか、いつもオレらより寝《ね》るのが遅《おそ》い。オレが布団《ふとん》に入ってからも、隣《となり》の部屋《へや》から話し声とか笑《わら》い声が聞こえてくる。

それに引き換《か》え、オレたちの部屋《へや》は消灯《しょうとう》が早い。みつ兄は部活《ぶかつ》の朝練《あされん》があって朝早いから、十時半には布団《ふとん》に入る。よう兄は中三で受験生《じゅけんせい》だから、部屋《へや》の隅《すみ》っこにある座卓《ざたく》の前で夜遅《よるおそ》くまでスタンドをつけて勉強《べんきょう》してる。

うちの家計状況《じょうきょう》からいっても、高校は私立《しりつ》はムリだ。で、「公立一本で行く」って夏前に宣言《せんげん》して、それからすごい勢《いきお》いで勉強《べんきょう》してる。

最後《さいご》に長男の一輝《かずき》兄ちゃん、通称《つうしょう》かず兄だけど、かず兄は朝までコンビニでバイトしてるから、夜はほとんどいない。

ともかくオレ一人が、のんきにマンガを読んだり、ゲームをしてるなんてことが許《ゆる》される空気じゃないから、寝《ね》るしかない。

きょうだいが多いって、つくづく不自由《ふじゆう》だ。

オレがそんなことをつらつら考えていると、三音の足がとんできた。

「いってー、蹴《け》るなよ」

「ぼーっとしてるからだよ」

「してねーよ。で？」

三音は肩《かた》をひょいと上げてオレを見た。

「いち姉、結婚《けっこん》するって」

……ケッコン、けっこん、けっこんって結婚《けっこん》？

「え――――！」

「バカ、うるさい！」

三音がクマのぬいぐるみを投《な》げてきた。

「だ、だって」

「別《べつ》に驚《おどろ》くことないじゃん。いち姉、二十二歳《さい》だし」

「でもさ」

結婚《けっこん》なんて、もっと大人がするもんだって思ってた。けど、そっか、大人なんだよな、いち姉って。

そういえば、いち姉はオレのかあちゃんだと間違《まちが》えられたことがある。あれは四年生の三者面談《しゃめんだん》のときだ。かあちゃんが急《きゅう》に来られなくなって、たまたま仕事《しごと》が休みだったいち姉が、かわりに来た。いつもは動《うご》きやすいデニムのパンツスタイルだけど、スカートにサマーセーターっていう、ちょっとすましたかっこうをしてきたから、笑《わら》っちゃったんだ。

いち姉は保育士《ほいくし》をしているから面談《めんだん》なんて慣《な》れてるはずなのに、「立場が逆《ぎゃく》だもん」ってすごい緊張《きんちょう》しちゃって、それにつられてオレまで緊張《きんちょう》してきちゃってさ。なぜか二人して黙《だま》って、廊下《ろうか》で順番《じゅんばん》を待《ま》っていた。

数分後、先に三者面談《しゃめんだん》をやっていた坂上《さかがみ》がお母さんと一緒《いっしょ》に教室から出てきて、オレの隣《となり》に座《すわ》っているいち姉を見て、「若《わか》っ！」てデカイ声で言った。

一瞬《いっしゅん》、オレもいち姉も意味《いみ》がわからなかったんだけど、その直後、坂上のお母さんがほほほって笑《わら》って言った。

「お姉さんみたいなお母さんですね」って。

姉ちゃんだよ……。

坂上は四年になって転校《てんこう》してきたから、オレんちの家族構成《かぞくこうせい》を知らなかっただけなんだけど。

で、いち姉は若《わか》いって言われたのに、「あたしってそんなに老《ふ》けて見える？」ってやたらと落《お》ち込《こ》んで、肝心《かんじん》の三者面談《しゃめんだん》も上の空だった。

べつにたいした話じゃなかったから、オレ的《てき》にはちょうどよかったんだけどさ。

それにしても、二十歳《はたち》くらいの姉ちゃんを見て、オレのかあちゃんだと勘違《かんちが》いする坂上も、坂上のお母さんもどうかしてるとは思う。けど、いち姉は学校でオレと一緒《いっしょ》にいたら、親だって思われるくらい大人、ってことなんだよな……。

なんかピンと来ないけど。

いち姉が結婚《けっこん》なんて。

リビングにいた、かあちゃんといち姉の姿《すがた》を思い出した。

「で、かあちゃんはいち姉の結婚《けっこん》に反対《はんたい》してるってこと？」

オレが言うと、三音がわずかに首をかしげた。

「違《ちが》うの？」

「昨日《きのう》は、反対《はんたい》なんてしてなかった。うん。いち姉、お母さんがおめでとうって言ってくれたって、うれしそうに言ってたもん。相田《あいだ》さんには直接《ちょくせつ》会って報告《ほうこく》するんだって」

「相田さんって」

「いち姉の彼氏《かれし》」

「えっ、おまえ知ってたの？」

「あたりまえじゃん」

　マジか……。

「昨日《きのう》はもう遅《おそ》かったから、詳《くわ》しいことは朝話すってお母さんには言ったらしいんだけど。あ、今日いち姉、休みなんだって。でも三音が帰ってきたらあの感《かん》じ。ただいまって言ったら、お母さんに、上に行ってなさいって言われるし。ヘンだと思わない？」

「そりゃ、うん」

　というより、オレはいまいち話についていけてない。

「話を整理《せいり》すると、いち姉が昨日《きのう》、結婚《けっこん》をするって言ったんだよな。で、かあちゃんはおめでとうって言った。ってことは、結婚《けっこん》に反対《はんたい》ってことじゃないってことだよな。だけど、いま、かあちゃんといち姉はなんかもめてる。ってことであってる？」

「あってる。整理《せいり》しなきゃわかんないほど複雑《ふくざつ》な話でもないと思うけど」

　ちっ、三音のやつはいちいちとげのある言いかたをする。

「じゃあなんで、ああなわけ？」

「……志朗ってやっぱアホだね」

「なっ」

「それがわかんないから心配《しんぱい》してるんじゃん。あーあ、話してソンした。志朗にわかるわけないよねー、あー時間ムダにしたー」

オレがあぐあぐしていると、三音はふーっとため息《いき》をついた。

「いち姉、昨日《きのう》すごく幸《しあわ》せそうだったんだよ」

「三音、いち姉の結婚《けっこん》に賛成《さんせい》なの？」

「あったりまえじゃん！　好《す》きな人と結婚《けっこん》するんだもん、幸《しあわ》せになるんだよ。志朗はいち姉に幸《しあわ》せになってほしくないわけ？」

「んなわけないだろ。だけどさ」

「だけどなに？」

三音が目を細めてオレをにらんだ。

こえーよ、その顔。

「いや、わかんねーけど、かあちゃんが反対《はんたい》してるっぽいんだろ？　ってことはなんか理由《りゆう》があるってことじゃん」

かあちゃんはオレたちのすることに、むやみに反対《はんたい》したりしない。

かず兄が、役者《やくしゃ》になる！　って、大学へは行かずに劇団《げきだん》に入ったときだって、

「自分のことだからって、なんでも好《す》き勝手《かって》にしていいわけじゃないよ。なんでそうしたいのか、ちゃんと自分の気持《きも》ちを伝《つた》える努力《どりょく》をしなきゃ。お母さん一人説得《せっとく》できないようならやめなさい」

って言った。

なにをどんなふうに言ったのかはわからないけど、かず兄は、かあちゃんと話をして、いまはバイトをしながら劇団《げきだん》で活動《かつどう》をしている。

あゆ姉のときもそうだった。中二のとき、学校をさぼって駅《えき》ビルで補導《ほどう》されたけど、かあちゃんはいきなり怒《おこ》ったりはしなかった。「学校に行きたくなかった」って言ったあゆ姉に、「それなら家にいなさい」って言って、あゆ姉が、自分から学校へ行くって言うまでなんにも言わなかった。

ちなみに、とうちゃんはとうちゃん自身《じしん》、自由人《じゆうじん》だから、かず兄のときも、あゆ姉のときも、「それってなにがいけないの？」なんて言ってたんだけど。

「三音、いち姉のあんな顔、はじめて見た」

「だな」

こわいくらいまっすぐに、一歩たりともひくつもりはないって目で、かあちゃんを見ていた。かあちゃんのほうが、押《お》されてた。

「ただいまー」の低《ひく》い声と玄関《げんかん》のドアを開《あ》ける音が階下《かいか》から同時に響《ひび》いた。と思ったら、数秒後《すうびょう》、だだだだっと階段《かいだん》を駆《か》け上がる音がした。

オレと三音が部屋《へや》のドアを開《あ》けると、階段《かいだん》を上り切ったところに、よう兄がいた。首をかしげながら階段《かいだん》の下を見ている。

よう兄の名前は陽次《ようじ》。中三で唐木田家の次男《じなん》だ。

よう兄は、またそろそろと下りていった。

「もー、よう兄ってば、なにしてんのぉ」

三音がオレの腕《うで》をバシバシたたく。

「いてーな」

「いいから早く、よう兄連《つ》れてきてよ」

「オレ?」

チッ、という舌打《したう》ちとともに、三音に背中《せなか》を押《お》された。

しぶしぶ階段《かいだん》を下りていくと、よう兄はリビングのドアに顔を寄《よ》せていた。

「よう兄」

小声でささやくように言って、背中《せなか》をツンとすると、よう兄は「わっ!」と張《は》りのある声を発《はっ》した。オレがあわてて口をふさいだけど、遅《おそ》かった。

がたん。

リビングの中からイスを引く音がして、内側《うちがわ》からドアが開《ひら》いた。

「なにやってるの？」

いち姉が立っていた。

なんて言っていいのかわからず、ん？　とオレが目を泳《およ》がせると、よう兄はオレの手を乱暴《らんぼう》に払《はら》った。

「いち姉こそなにしてんだよ」

「べつに」

いち姉が人さし指《ゆび》を曲《ま》げて上唇《うわくちびる》にあてた。ことばにつまったときの、いち姉のクセだ。

「陽次？」

中からかあちゃんも顔を出した。

「やだ、志朗も帰ってたの？　ただいまくらい言いなさい」

「た、だいま」

オレが言うと、よう兄は「ん」とハガキをかあちゃんに渡《わた》して、「ハラ減《へ》った、なんか食いモンない？」って言いながらリビングに入っていった。

「あら、お父さんからね」

かあちゃんはハガキに目を通して肩《かた》を上げた。

「やっぱり帰り、少しのびるみたい」

そう言うと、リビングの壁《かべ》に掛《か》けてあるコルクボードにハガキを貼《は》った。

このコルクボードはオレんちの伝言板《でんごんばん》みたいなもので、連絡事項《れんらくじこう》なんかはメモ用紙に書いて、ここに貼《は》っておく。家に帰ったら必《かなら》ずここを確認《かくにん》するっていうのはルールになっていて、「読んでない」とか「気づかなかった」っていう言い訳《わけ》は通用しない。

かあちゃんが貼《は》ったハガキを見ると、とうちゃんの丸っこい字が並《なら》んでた。


みんな元気ですか！

こちらはいたって元気です。ご心配《しんぱい》なく。

ノラネコたちにようやく受《う》け入れてもらいましたので、もうしばらくこちらに滞在《たいざい》します。


なんか、とうちゃん一人ののんきだよな……。いつものことだけど。

とうちゃんは、動物《どうぶつ》とか植物《しょくぶつ》の写真《しゃしん》を撮《と》る写真家《しゃしん》だ。撮影《さつえい》のためにしょっちゅうあちこちに出かけていく。

先週は、どこかのお菓子《かし》の会社から仕事《しごと》を頼《たの》まれて北海道へ撮影《さつえい》に行ったんだけど、そこでいい被写体《ひしゃたい》に出合ったとか言って、仕事《しごと》の撮影《さつえい》が終《お》わっても、とうちゃんは東京には戻《もど》ってこなかった。

それも、よくあることだから、べつにいいんだけど。

でもノラネコってなに？　オレは、北海道なんだから、キタキツネとか、ヒグマとかエゾシカなんかを撮《と》っているんだと思ってた。

なんで北海道まで行って、ノラネコを撮《と》ってるの？　謎《なぞ》だ。

そうしたらいち姉が、「北海道でもノラネコっているんだ。冬はどうしているんだろうね」ってぼそっと言った。

「ハラ減《へ》ったー」

よう兄が言うと、いち姉は小さく息《いき》をついて、顔を上げた。

「ラーメン作ってあげる。志朗も食べる？　三音にも食べるか聞いてきて」

もう、いつものいち姉の顔に戻《もど》ってた。

ズズズッ　ズズッ。

よう兄のラーメンをすする豪快《ごうかい》な音と、食器《しょっき》を洗《あら》う音だけが部屋《へや》の中に響《ひび》いている。

三音はオレと半分コにしたラーメンを箸《はし》先で二本ずつすくいながら、口に運《はこ》んでる。

「ごちそうさまでした！」

よう兄がどんぶりの上に箸《はし》を置《お》いて、パンと手を合わせた。

「で、いち姉、かあちゃんとケンカでもしたわけ？」

オレは口に流《なが》し込《こ》んでいたスープをぶっとふき出した。

「汚《きたな》い！」

三音は思いっきり眉間《みけん》にしわを寄《よ》せて、からだを反《そ》らした。

「だ、だってよう兄が」

直球《ちょっきゅう》すぎるじゃん。

「オレがなんだよ、いいじゃん、かあちゃんいねーし」

「まあ、そうだね」

三音が冷静《れいせい》に言った。

そりゃあ、かあちゃんは結介を迎《むか》えに保育園《ほいくえん》へ行ったけど、それにしたって。

いち姉は台ふきんを持《も》ってきて、オレがふき出したスープを拭《ふ》きながら言った。

「べつにケンカなんかじゃないよ」

「空気めちゃ重《おも》かったけど。あーゆーのって、なんでもないって空気じゃねーじゃん」

なっ、とよう兄はオレと三音に目を向《む》けた。

三音がこくりとうなずく。

いち姉はオレたちを見て口角を上げた。

「あんたたち心配《しんぱい》してくれたんだ」

「いち姉」

「三音ってば、そんな顔してんじゃないの」

いち姉は三音のほっぺを両手《りょうて》でむぎゅっと寄《よ》せた。

その顔がおかしくって、思わずぷっと笑《わら》ったら、テーブルの下で三音にすねを蹴《け》られた。

「あたしね」

いち姉は流《なが》しの前に行くと、台ふきんを洗《あら》いながら言った。

「結婚《けっこん》しようと思ってるの」

ふーんと、よう兄は言って数秒間《すうびょう》沈黙《ちんもく》した。で、「ええぇぇぇ!」と、目を見開《みひら》いて声をあげた。

「よう兄、驚《おどろ》きすぎ。いち姉、もう二十二歳《さい》だし、べつに結婚《けっこん》したっておかしくないじゃん」

オレが言うと、三音がふんと笑《わら》った。

鼻《はな》で笑《わら》うな。

「驚《おどろ》くだろ。つーか、なんでおまえらそんなに落《お》ち着《つ》いてんだよ」

「それはっ」

「三音がさっき教えてあげたの。志朗もよう兄みたいに驚《おどろ》いてたよ」

ぺろっと三音が言った。

「知ってたのかよ。でもさ、結婚《けっこん》するってだけで、なんであの空気になっちゃうわけ？」

よう兄はそう言ってから、「あっ、あああ、ああそっか」と、突然《とつぜん》うなずきだした。

「なに？」

三音がぐっと身《み》を乗《の》り出した。

「なにって」

よう兄が、いち姉をちらと見る。

「なに？」

今度《こんど》はいち姉が言った。

「いや、つまりアレだろ」

口ごもり、なぜか気まずそうにしているよう兄に、「なに！」と、いち姉と三音が同時に言った。

「だからぁ、あれだろ、デキ婚《こん》！」

「…………」

「…………」

デキ婚《こん》。

正式《せいしき》には、できちゃった結婚《けっこん》。

できちゃったというのは、つまり赤ちゃんのことで……。

ってマジかよっ。

いち姉は二度《ど》まばたきをして、水道のハンドルを下げると、よう兄の前に行った。

べちん！

「痛《い》てっ」

頭を押《お》さえるよう兄を見下ろして、いち姉は腕《うで》を組んだ。

「あんたたちは、なんでそういう想像《そうぞう》しかできないかな」

いち姉が、ちらとオレを見た。

えっ、オレは違《ちが》うってば！

「はっきり言っておくけど、あたしは妊娠《にんしん》してないし、お母さんはそういうことで反《はん》対《たい》なんてしないはずだから」

反対《はんたい》？　いま、そう言ったよね。

三音と目が合った。

「なんでかあちゃん、反対《はんたい》してるの？」

オレが言うと、いち姉は（あっ）と口だけ動《うご》かした。

「どーいうやつなんだよ、そいつ」

よう兄がぼそりと言う。

かあちゃんがむやみに反対《はんたい》をしたりしないってことは、オレたちはみんなわかってる。そりゃあ不満《ふまん》もムカツクところもあるけど、そこだけは、みんなかあちゃんを信《しん》じてる。

そのかあちゃんが反対《はんたい》しているってことは、なにかその相手《あいて》に問題《もんだい》があるってことなんだと思う。

「相田さんは、あ、相田さんってあたしが結婚《けっこん》しようと思っている人ね」

いち姉は静《しず》かに息《いき》をついてイスに座《すわ》った。

「相田さんには、子どもがいるの」

「へっ?」

三音がヘンな声を出した。

「うん、四歳《さい》の女の子と二歳《さい》の男の子」

「再婚《さいこん》ってことか。その人いくつ?」

軽《かる》くパニクってしまったオレとは違《ちが》って、よう兄は冷静《れいせい》に、肝心《かんじん》なことを質問《しつもん》している。

「三十五歳《さい》」

「おっさんじゃん」

「そんなこと、なくもない、かな」

いち姉が苦笑《くしょう》した。

「どこで知り合ったの？」

「どこでって」

口ごもったいち姉を、よう兄が上目遣《うわめづか》いで見た。

「なによ、警察《けいさつ》の取《と》り調《しら》べみたいに」

「いち姉、取《と》り調《しら》べなんて受《う》けたことあんの？」

オレがびっくりして言うと、三音に「ばか」って言われた。

いまそこはつっこむとこじゃなかったか。

「あるわけないでしょ。ドラマで見ただけ」

いち姉はムッとした声でオレに言って、大きくため息《いき》をついた。

「保育園《ほいくえん》」

「保育園《ほいくえん》って、あ、保護者《ほごしゃ》とか？」

よう兄が言うと、「そうだよ」と、いち姉は顔を上げてうなずいた。

「不倫《ふりん》とかじゃ」

「そんなことあるわけないでしょ！　相田さんは独身《どくしん》。父子家庭《かてい》なの」

よう兄は、気まずそうな顔をした。

保護者《ほごしゃ》かぁ……。なんかそれはオレ的《てき》には微妙《びみょう》だ。だって設定《せってい》を変《か》えたら、結介の行っている保育園《ほいくえん》の先生と、とうちゃんが結婚《けっこん》するっていうようなもんじゃん。そりゃあ、とうちゃんは相田さんよりは十歳《さい》くらい年とってるけど。

「あのさ、こんなこと言ったら、いち姉を傷《きず》つけるだけかもしれないけど」

よう兄が言うと、いち姉は肩《かた》をすくめた。

「だったら言わなくていいよ。あたしいま傷《きず》つきたくないから」

オレはよう兄を見た。

「……なら、言わないけど」

なにを言うつもりだったんだろう？

「ありがとう」

よう兄はじっといち姉を見た。

「そいつ、いいやつなんだよな」

「うん」

「いち姉、そいつのこと好《す》きなんだよな」

「うん」

「結婚《けっこん》したら、いち姉もその人も子どももも幸《しあわ》せになれるって思ってるんだよな」

いち姉はすっと息《いき》を吸《す》った。

「それは、わかんない」

「いち姉？」

三音が不安《ふあん》そうに言うと、いち姉は口角を上げた。

「相田さんと子どもたちが幸《しあわ》せになれるかどうかはわからないよ。そりゃあそうなってほしいし、そのためにがんばる。けどわかんないじゃない」

いち姉の言うことはわかる気がした。

だって、そんなに簡単《かんたん》に、人のことを幸《しあわ》せにする、なんて言えるもんじゃないんじゃないかな。そりゃあ言うのは簡単《かんたん》だし、言われたら安心《あんしん》するかもしんないけど、やっぱりそれって、うそくさい。

「でもね、あたしは幸《しあわ》せになれる。それはわかる」

そう言ったいち姉は、すごくきれいでドキッとした。

「なんだよそれ」

よう兄は伸《の》びかけた髪《かみ》をくしゃくしゃっとしながら「図書館《としょかん》行ってくる」って立ち上がった。

玄関《げんかん》から小さな足音とキーの高い歌声が聞こえてきた。

かあちゃんと結介が帰ってきたんだ。

「いち姉」

よう兄はリビングのドアの前で立ち止まるとふり返《かえ》った。

「ん？」

「オレ、いち姉のみかただから」

へっ、といち姉が驚《おどろ》いた顔をした。

「三音だって！　よう兄ってば、さっきからずるい！　三音のほうが先にいち姉のみかたなんだから」

三音が頬《ほほ》をふくらませた。

だだだだだだっ。

青い通園バッグを斜《なな》めにさげたスモック姿《すがた》の結介がリビングに駆《か》け込《こ》んできた。いち姉は結介をぱふっと抱《だ》きとめた。

「結介おかえり」

「たたーまぁ」

「保育園《ほいくえん》楽しかった？」

いち姉が頭をなでると、結介はくすぐったそうに笑《わら》う。

──相田さんには、子どもがいるの。

──四歳《さい》の女の子と二歳《さい》の男の子。

二歳《さい》の男の子って、結介と同い年じゃん。

いち姉、結婚《けっこん》したらその子たちのかあちゃんになるんだ。オレたちの姉ちゃんじゃなくて……。

結介は通園バッグをさげたまま、おもちゃ箱《ばこ》からゴミ収集車《しゅうしゅうしゃ》のミニカーをとりだした。

「結介の趣味《しゅみ》って変《か》わってるよね、なんでゴミ収集車《しゅうしゅうしゃ》が好《す》きなんだろう」

三音が不思議《ふしぎ》そうに言うと、いち姉が笑《わら》った。

「志朗も好《す》きだったよね」

「え、オレ?」

「うん。一輝も陽次も光希も、うちの男子はみんなゴミ収集車《しゅうしゅうしゃ》好《ず》きだったよ」

で、「これは一輝の」って、おもちゃ箱《ばこ》の中から、少し色のはげたゴミ収集車《しゅうしゅうしゃ》をとりだした。

知らない、ぜんぜん覚《おぼ》えてない。

オレが知らないことも、覚《おぼ》えてないことも、いち姉は全部見てきて覚《おぼ》えてる。

いち姉はオレが生まれたときから姉ちゃんで、ずっとそばにいて、ずっとオレたちのことを見てくれた。かあちゃんが忙《いそが》しくても、いち姉がいたから、さみしいと思ったことなんてなかった。姉ちゃんがいたから。

いち姉がいなくなるなんて、考えたことがなかった。

——家族《かぞく》って少しずつ変《か》わっていくものでしょ。

末永先生が言ってたことを思い出した。

家族《かぞく》って、変《か》わっていくんだ。

それでも、いままでは増《ふ》えるだけだった。家族《かぞく》って増《ふ》えていくものだと思ったけど、減《へ》っていくこともあるんだ……。

こんなこと三音に言ったら、「あたりまえじゃん」って言われるに決《き》まってるけど、オレはいまのいままで、そんなあたりまえのことに気づかなかった。

そうだよな。かず兄だって、あゆ姉だって、いつかはよう兄もみつ兄も。ぜんぜんイメージできないけど、三音だって結介だって、結婚《けっこん》して、この家を出て行くときがくるかもしれない。

そうなったら、この家には、とうちゃんとかあちゃんと、オレだけになっちゃうんだ。

って、なんでオレだけ残《のこ》ってる設定《せってい》になってるのか、自分でも謎《なぞ》だけど。

家族《かぞく》が多いとテレビだって好《す》きな番組を見られないし、なんでも順番《じゅんばん》だし、姉ちゃんや兄ちゃんは威張《いば》るし、妹は生意気《なまいき》だし、弟の面倒《めんどう》見るのはめんどうくさい。

ひとりっ子っていいよなーってマジで憧《あこが》れたりもする。

でも、でもさ……。

なんだろう、胸《むね》の奥《おく》がすうすうして、落《お》ち着《つ》かない。

夜の緊急会議《きんきゅうかいぎ》

三日後の夜。

よう兄は座卓《ざたく》で勉強《べんきょう》をしていて、みつ兄は布団《ふとん》の上で筋《きん》トレをしながら、いつのまにかいびきをかいていて、オレは横《よこ》になりながらマンガを読んでいた。

「起《お》きてる？」

勢《いきお》いよく部屋《へや》のドアが開《あ》いて三音《みおん》が入ってきたと思ったら、そのうしろから次女《じじょ》で高二の亜弓《あゆみ》姉ちゃん、略《りゃく》してあゆ姉も入ってきた。

「起《お》きてるよ、っていうかノックしろよ」

よう兄がふり返《かえ》って文句《もんく》を言うと、あゆ姉が顔をしかめた。

「やっだ、ここくっさーい」

そう言って手に持《も》っている香水《こうすい》をシュッシュッと部屋中《へやじゅう》にまきちらした。べたべたとした甘《あま》い匂《にお》いと体育倉庫《たいいくそうこ》の匂《にお》いが混《ま》ざり合って、よけいにひどいことになっている。

「あゆ姉ー、勝手《かつて》なことすんなよ」

部屋《へや》の隅《すみ》で勉強《べんきょう》していたよう兄が窓《まど》を開《あ》けて、テキストでぱたぱたした。

「いまから緊急会議《きんきゅうかいぎ》するから」

あゆ姉はそう言うと、布団《ふとん》の上でいびきをかいているみつ兄を足でつついた。

布団《ふとん》の上に、あゆ姉、よう兄、みつ兄、三音、オレの五人は車座《くるまざ》になった。

「かず兄はバイトか。まあいいや、陽次《ようじ》、あとで報告《ほうこく》しておいて」

あゆ姉が言うと、よう兄は黙《だま》ってうなずいて、「で？」と顔を上げた。

「いち姉のこと」

「あー、聞いた聞いた！」

眠《ねむ》そうにあくびをしていたみつ兄が、いきなり目を輝《かがや》かせた。

「結婚《けっこん》するって話だろっ。すげーよなー。いち姉、人妻《ひとづま》になるってことだろ。すげー、人妻《ひとづま》！」

あゆ姉がギロッと、みつ兄をにらんだ。

「あんたの表現《ひょうげん》って、なんかいやらしいんだけど」

「え、なんで？　オレ、ヘンなこと言った？」

「言った。もういいから、みつ兄は黙《だま》ってて」

三音に言われて、みつ兄は唇《くちびる》をとがらせた。

年は三音のほうが四歳《さい》も下だけど、精神年齢《せいしんねんれい》は三音のほうが上だ。……なんてことを言うと、三音を調子《ちょうし》にのせちゃうから言わないけどさ。

「お母さんもいち姉もさ、一昨日《おととい》からふつうにしてるけど、結婚話《けっこんばなし》、停滞《ていたい》してるみたい」

いち姉のことはあれからオレもずっと気になってたけど、誰《だれ》もなんにも言わないから聞かなかったんだ。

「停滞《ていたい》って、進《すす》んでないってこと？　なんでそんなことわかるの？」

「いち姉の顔を見てたらわかる」

あゆ姉はオレにぴしゃって言った。

「で、いち姉はいまなにしてんの？」

よう兄が言うと、あゆ姉はもうひとふき香水《こうすい》をシュッとした。

「お風呂《ふろ》。いち姉には聞かれたくないじゃん」

「………」

「でね、」

あゆ姉が話を続《つづ》けようとしたところで、よう兄はおもむろに立ち上がった。

「オレは、いち姉を応援《おうえん》する。そのことはいち姉にも言ったし、いまさら変《か》えらんねーよ」

そう言って、窓《まど》を閉《し》めに行くとそのまま座卓《ざたく》の前に座《すわ》った。

「あたしだってそのつもりだよ。いち姉には幸《しあわ》せになってもらいたいし」

三音とオレがうなずくと、あゆ姉は満足《まんぞく》そうによう兄を見て、アゴを上げた。

よう兄がしぶしぶ輪《わ》の中に戻《もど》ってきた。

「あたしがわからないっていうか、気になってるのは、お母さんがなんであんなに反《はん》対《たい》してるかってことなんだよね。いち姉、なんにも言ってくれないし」

そうだ、そうなんだ。オレもそこがどうしてもわからない。

「だからそれは、相手《あいて》のやつに子どもがいるってことだろ」

よう兄が言うと、あゆ姉は首をかしげた。

「あたしも最初《さいしょ》はそうかなって思ったんだけど、いち姉はちゃんと考えて結婚《けっこん》を決《き》めたんだと思うんだ。それでもオッケーって言わないってさ、お母さんらしくないと思わない？」

「ほかに、理由《りゆう》があるのかな」

三音が不安《ふあん》げに言った。

「あたしも三音も前《まえ》から相田《あいだ》さんの話はけっこう聞いてたし、いい人だなって思ってたんだよ。でも相田さんが再婚《さいこん》だとか、子どもがいるってことは初耳《はつみみ》。いち姉なんにも言ってなかったんだよね。それって、いち姉は隠《かく》してたってことでしょ？」

あゆ姉が顔を向《む》けると、三音もこくんとうなずいた。

「べつにふつーじゃね？」

あっけらかんと言い放《はな》ったみつ兄のことばに、あゆ姉のきれいに整《ととの》った眉《まゆ》がゆがんだ。

「なにがふつうなのよ」

「だってさぁ、再婚《さいこん》とか子持《こも》ちとか聞いたらひくじゃん、ふつー。せっかくラブラブなのに、あゆ姉とか三音に、いちゃもんつけられたくねーもん」

「たしかに」

オレがみつ兄に同意《どうい》すると、あゆ姉にデコピンされた。

「痛《いた》っ」

「なにが〝たしかに〟よ、ガキのくせに生意気《なまいき》言って。……でも、まあ、それもそうか。あたしでも言わないかも」

あゆ姉はため息《いき》をついた。

「じゃあ、ほかの理由《りゆう》ってなに？」

ひたいをなでながらオレが言うと、みんな数秒《すうびょう》押《お》し黙《だま》った。

「オレさ」

みんなの視線《しせん》が、よう兄に集《あつ》まった。

「いち姉を傷《きず》つけるかもしれないから言わなかったんだけど。そいつ、本当にいち姉のこと好《す》きなのかな」

「はっ？」

あゆ姉の声がとがった。

「なんつーか、都合《つごう》よく利用《りよう》されてるんじゃないかって」

「あんたなに言ってんの」

「だって、一人で二人の子ども育《そだ》てるのって絶対《ぜったい》キツイと思うんだ。そんなときに、いち姉みたいなさ、ほら保育士《ほいくし》だし、子ども懐《なつ》いてるだろうし、そういう人がいたら

……」

この間、よう兄が言いかけたことってこれだったんだ。

「もし本当に、いち姉のことを大切に思ってたら、そんなに簡単《かんたん》に」

「結婚《けっこん》、なんて言えない？」

へっ？　オレたちは一瞬《いっしゅん》固《かた》まって、そろりと声のほうに顔を向《む》けた。

いち姉！

「い、いやそうじゃなくて、あ、そうじゃないわけじゃなくて」

意味不明《いみふめい》なことをよう兄が口走っていると、いち姉は髪《かみ》に巻《ま》いたタオルをはずしな

がら部屋《へや》に入ってきた。で、三音とオレの間に座《すわ》って、オレたちを見た。

「あんたたちって本当にお節介《せっかい》だよね」

「いち姉、あたしたちは」

わかってる、といち姉はあゆ姉に小さく笑《わら》ってうなずいた。

「心配《しんぱい》しなくて大丈夫《だいじょうぶ》だから」

「大丈夫《だいじょうぶ》って?」

よう兄は、ばつが悪《わる》そうに上目遣《うわめづか》いに、いち姉を見た。

「相田さんってね、本当にいい人なんだよ。あたしのことも大事《だいじ》にしてくれてるってわかる」

ヒューヒュー。

はやしたてるみつ兄を、あゆ姉はチッと舌打《したう》ちしてにらみつけ、よう兄は表情《ひょうじょう》を変《か》えないまま、みつ兄の後頭部《とうぶ》をぱこんとたたいた。

「結婚《けっこん》はできないって相田さんに言われた」

「へ?」

「はい?」

オレたち五人はよっぽどマヌケな顔をしたんだと思う。いち姉はぷっとふき出して、タオルで顔をおおった。

まったく意味《いみ》がわからない。

「ってことは、結婚《けっこん》しないってこと?」

オレが言うと、いち姉はかぶりをふった。

「だけど」

あゆ姉と三音が顔を見合わせる。

「相田さんは、あたしが去年担任《きょねんたんにん》をしていた子のお父さんなの」

「父子家庭《かてい》なんでしょ」

こくりといち姉は三音にうなずいた。

「下の子が生まれてすぐに奥《おく》さんが亡《な》くなって。相田さん、一生懸命子育《いっしょうけんめいこそだ》てもして。でもお弁当《べんとう》の日とか、裁縫《さいほう》とかはやっぱり大変《たいへん》みたいで、それで簡単《かんたん》なレシピを書いて渡《わた》したり、発表会《はっぴょうかい》の衣装《いしょう》なんかは、お迎《むか》えのときに残《のこ》ってもらって教えたりしてたの」

いち姉は、やさしそうな表情《ひょうじょう》で、静《しず》かにことばをつないでいく。

「あんまりお節介《せっかい》を焼《や》いて、家庭《かてい》のことまで首をつっこんじゃいけないと思ってたんだけど。いつのまにか相田さんと話すことが楽しみになってて、気がついたら好《す》きになってた」

きょうだいでこんな話をするのははじめてで、オレはどうにも居心地《いごこち》が悪《わる》かった。

でも、ヘンにちゃちゃなんて入れたら、大バッシングは目に見えているし、かといって席《せき》を立つ雰囲気《ふんいき》でもない。つーか、オレ一人蚊帳《かや》の外になるのもヤダし。

しかたなくうつむいて、爪《つめ》をはじきながら黙《だま》って座《すわ》ってた。

「この間ね、相田さん熱《ねつ》を出しちゃったの。それで食事《しょくじ》の支度《したく》だけでもと思って相田さんちに行って。そうしたら、日花《にか》ちゃんと流良《るら》くんが帰らないでって」

「あの帰りが遅《おそ》かった日？」

三音が言うと、いち姉は「うん」ってうなずいた。

「あたしね、すごくうれしかったの。この子たちのそばにずっといたいって。相田さんに、帰らなきゃダメって言われたから帰ってきたんだけど、帰るのがすごくつらかった」

いち姉は、くいと顔を上げた。

「相田さんには、結婚《けっこん》はできないって言われていたし、あたしもお母さんになる自信《じしん》がなかったの。でもね、あのときやっぱり、あたしはこの人たちと家族《かぞく》になりたいって思った」

窓《まど》の向《む》こうで風の音がひゅうひゅう聞こえる。

「すげー風だな」

よう兄がぼそりと言った。

「相田さんは、あたしがまだ二十二歳《さい》だとか、自分には子どもがいるからって言うけど、そういうことひっくるめて全部《ぜんぶ》があって、結婚《けっこん》したいって思ったの」

きっぱりと言ういち姉の目は真剣《しんけん》で、オレたちはなにも言えなかった。しばらくして、あゆ姉が口を開《ひら》いた。

「お母さんが反対《はんたい》してたのって」

「そう。相田さんは結婚《けっこん》できないって言ってるって話したから」

そりゃそうだ。

っていうか、相田さんに結婚《けっこん》する気がないんじゃどうしようもない。かあちゃんが反対《はんたい》するもなにも。

「相田さんはやさしいの。だから結婚《けっこん》できないって言ってるの。ご両親《りょうしん》にも申《もう》し訳《わけ》ないって。だからお母さんに賛成《さんせい》してほしかったのに、それじゃあ筋《すじ》が通ってない、認《みと》められないって」

ずずっと鼻水をすする音に顔を上げると、あゆ姉が鼻《はな》を赤くして泣《な》いていた。

へっ？　なんで？　どうしてあゆ姉が泣《な》いてんの？　びっくりして三音を見ると、三音も泣《な》きそうな顔をしている。

ぜんぜんわからない。

いまの流《なが》れのどこに、涙《なみだ》ポイントがあったんだ？

よう兄とみつ兄を見ると、二人ともぎょっとした顔をしている。たぶん、きっと、オレもいまあんな顔をしているはずだ。

「いち姉」

「なに⁉」

あゆ姉の声に思わずオレが　応えると、三音が赤い目をしてオレをにらんだ。

はい、オレはいち姉じゃありません……。

首をすくめると、みつ兄が「ドンマイ」ってオレの背中《せなか》をたたいた。

「なに？」

今度《こんど》は、いち姉が応えた。

「あたし、絶対《ぜったい》いち姉のこと応援《おうえん》する」

「三音も！」

三音が右手をばっとあげて、オレたちを見た。

「う、うん、オレもするする」

あわててうなずくオレたちを見て、いち姉は「ありがとう」ってやさしく笑《わら》った。

なんだかよくわからないまま解散《かいさん》になると、よう兄は眉間《みけん》にしわを寄《よ》せたまま、「もう少し勉強《べんきょう》する」って言って机《つくえ》に向《む》かい、みつ兄は「明日起《お》きれっかなー」って言いながら布団《ふとん》にもぐり込《こ》んで、一分もしないうちにいびきをかきはじめた。

オレはというと、とりあえず横《よこ》になったけど、なかなか眠《ねむ》れなかった。

なんだかよくわかんねーし。

解散《かいさん》になったあと、「なんで泣《な》いてたんだよ」って三音にこっそり聞いたら、すげーため息《いき》をついて言われた。

「純愛《じゅんあい》じゃん」って。

で、だめ押《お》しのひと言、「志朗《しろう》って、ガキだね」だと。

くっそー。

ガキってなんだよ、ガキって。妹のくせに。

だいたいあれって純愛《じゅんあい》か？　いち姉が一人で暴走《ぼうそう》してるだけじゃん。そりゃあ、いち姉が真剣《しんけん》だっていうのはわかるけど……。

でも相田さんっていう人は結婚《けっこん》できないって断《ことわ》ってるわけだろ。それでも結婚《けっこん》するって言ってるのって、ヘタしたらストーカーじゃん。

……そんなふうにしか思えないオレって、ガキなのかな。

あー、くそくそくそ！

どかっ。

「うぐっ」

腹《はら》の上に乗《の》ってきた、みつ兄の太い足を押《お》しのけて、ギュッと目をつぶった。

これだからきょうだいが多いってめんどうなんだ。

７：45

時計のデジタル表示《ひょうじ》を見て一瞬《いっしゅん》頭ん中が白くなったあと、一気に眠気《ねむけ》がぶっ飛《と》んだ。

「やばっ、遅刻《ちこく》！」

跳《と》び起《お》きると、よう兄もみつ兄もいなかった。布団《ふとん》が二つ、押《お》し入れの前に積《つ》み重《かさ》ねてある。

だだだだだっと階段《かいだん》を駆《か》け下りると、三音が玄関《げんかん》から出て行くところだった。

「なんで起《お》こしてくんないんだよー」

わめきながらリビングに駆《か》け込《こ》むと、かあちゃんがひざの上で結介《ゆうすけ》の歯《は》をみがいていた。

「おはよう、遅《おそ》かったね。ごはん食べていきなさいよ」

「わかってるよ」

かあちゃんは、ひざの上であばれる結介を押《お》さえつけて「もうちょっとがまん」とか言ってる。

これ以上《いじょう》かあちゃんに文句《もんく》を言っても、時間をムダにするだけだ。

かあちゃんは毎朝一回、全員《ぜんいん》を起《お》こす。けど二回目はない。

「学校に行くのも、遅刻《ちこく》するのもお母さんじゃないからね。あとはあんたたちの自主《じしゅ》性《せい》にまかせる」

なーんてかっこいいことを言うけど、(忙《いそが》しい朝に何度《ど》も起《お》こしている時間なんてあるわけないでしょ)っていうのが本音だと思う。

つまり手抜《てぬ》きだ。

それでもふつうは、誰《だれ》かしらが起《お》こしてくれるんだけど、今日はみんなそこそこ寝《ね》坊《ぼう》をしたみたいで、オレは放置《ほうち》された。

洗面所《せんめんじょ》に行くと、風呂場《ふろば》からシャワーの音とかず兄の鼻歌《はなうた》が聞こえた。

かず兄は時給《じきゅう》がいいからって、週半分は夜中にコンビニでバイトをしてる。で、帰ってくるとお風呂《ふろ》に入って、ごはんを食べて、ソッコー寝《ね》て、昼過《ひるす》ぎに劇団《げきだん》の稽古《けいこ》だとか打《う》ち合わせだとかに出かけていく。

大変《たいへん》そうだな……って思うけど、かず兄は楽しそうだ。

じゃじゃっと顔を洗《あら》って歯《は》みがきをして、寝癖《ねぐせ》を直すのはあきらめて洗面所《せんめんじょ》を出ようとしたタイミングで、かず兄が風呂《ふろ》から出てきた。

「志朗じゃん、あれ、おまえ遅《おそ》くない？」

「寝坊《ねぼう》した！　じゃ急《いそ》いでるから」

そう言って廊下《ろうか》に出ると、「なあ」と呼《よ》び止められた。

「なに？　マジで急《いそ》いでるんだけどっ」

「おまえ今日、学校何時に終《お》わる？」

「え、六時間だから三時四十分までで、帰りの会が終《お》わるのが五十分くらいかな」

オレが言うと、「なら大丈夫《だいじょうぶ》か」とかなんとかもごもご言った。

「なに？」

「んー？　オレ、その頃《ころ》学校の前まで行くから、校門で待《ま》ち合わせな」

「へっ、なんで？　劇団《げきだん》は？」

「今日は休み。バイトは今日も夜だから、その前にちょっとつきあってほしいとこあってさ」

ちょっといやな予感《よかん》がした。

「つきあうって、どこに？」

かず兄はそれには答えず、時計を指《ゆび》さした。

「時間やばくない？　マジ遅刻《ちこく》するよ」

「やばっ！」

「んじゃ、放課《ほうか》後に校門のとこでなー」

なんとなく、かず兄にはぐらかされた気もしたけど、それを問《と》い詰《つ》める時間も余裕《よゆう》もなかったオレは、だだだっと着替《きが》えをして、食卓《しょくたく》の上のごはんと納豆《なっとう》をかき込《こ》んで、学校へ向《む》かった。


「志朗ー、いもーと」

中休みに入ってすぐ、教室に三音が来た。

「クラスには来るなって言ってんじゃん」

兄ちゃんの威厳《いげん》をもってびしっと言ってやると、

「来たくて来てるわけじゃないよ」

と、三音はかるく鼻《はな》をならした。

「ね、かず兄になにか言われた？」

ん？　なんのことだと思考して、ああと思い出した。

学校でいきなり家の話題《わだい》を振《ふ》られると、一瞬《いっしゅん》とまどう。

「学校終《お》わったら校門の前で待《ま》ってるって。なんかどこかにつきあってほしいとか言ってたような気がするけど。え、なに、三音も？」

「うん」

「なんで？」

「知らないよ。だから志朗に聞きに来たんじゃん。なんにも聞いてないの？」

「ない」

もーっ、と三音は頬《ほほ》を膨《ふく》らませて両手《りょうて》を腰《こし》にあてた。

「しかたないだろ、遅刻《ちこく》しそうだったんだから。ていうか、おまえこそ聞いとけよ」

「だって詳《くわ》しいことは志朗に聞いてって言われたんだもん」

……かず兄のやつぅ。

かず兄はめんどうくさいこととか、頼《たの》みにくいこととか、言いにくいことがあると、うまくそれをはぐらかす。

そういうところがあるってわかっているんだけど、かず兄は絶妙《ぜつみょう》のタイミングでそれを振《ふ》ってくるから、気がつくといつも、かず兄の思惑《おもわく》どおりにオレたちは動《うご》かされてしまってる。

ということは今回も間違《まちが》いなく、めんどうなことに巻《ま》き込《こ》まれていくパターンだ。

「行きたくないな」

「三音だって！」

「でも行かないと、だよな」

「……だよね」

思わず顔を見合わせて、うなだれた。

そう。かず兄は約束《やくそく》したことをすっぽかしたり、無視《むし》したりすると、オレたちの前で悲劇《ひげき》のヒーローを気取《きど》った芝居《しばい》を延々《えんえん》としつづける。

こんなんで役者《やくしゃ》になんかなれるのかなって心配《しんぱい》になるくらいヘタな演技《えんぎ》は、ジャイアンの歌謡《かよう》ショーくらいの破壊力《はかいりょく》を持《も》っている。

三音はそれ以上《いじょう》なにも言わず、大きなため息《いき》をつきながら教室へ帰っていった。

「どうしたの、なんかあった？　三音ちゃんすごい顔してたけど」

廊下《ろうか》から入ってきた江上《えがみ》がオレの顔をのぞき込《こ》んで、うわって言った。

「唐木田《からきだ》もかなりヤバイ顔してるよ」

「もとからだよ。ほっとけブス」

「ちょっとなにそれ！」

江上がぎゃーぎゃー騒《さわ》ぎ出した。

あーあ、女ってめんどくせー。あっ、めんどうくさいのは女だけじゃないか。

かず兄のことを思い出してげんなりした。

めんどうなくらいがいい

放課後《ほうかご》、校門までとろとろ歩いていくと、もうかず兄がいた。

オレのクラスの女子三人に囲《かこ》まれている。

かず兄は高校生のときに、渋谷《しぶや》で何度《ど》もモデルにスカウトされたってくらい、顔だけはいい。

「よっ」

かず兄はオレに気づくと、さわやかな笑顔《えがお》で右手をあげた。

「なにやってんだよ」

オレが言うと、女子三人はかず兄のほうにぴとってくっついた。

「唐木田《からきだ》にはかんけーないでしょー」

「あーあ、唐木田がお兄さんみたいだったらなー」

悪《わる》かったなっ。

「まあまあ、志朗《しろう》はオレの大事《だいじ》な弟だからさ、やさしくしてやってよ。けっこうかわいいとこあるでしょ」

かず兄がそう言って、オレの肩《かた》に腕《うで》をまわす。

「ぜーんぜん」

「ないないない」

「お兄さんのほうが千倍《ばい》いい」

女子三人は笑顔《えがお》で言いながら、「お兄さんバイバーイ」と、かず兄に手をふった。

「バイバイ、またね」

そう言って手をふるかず兄は、たしかにかっこよくって、なんかずるい。

「なに愛嬌《あいきょう》ふりまいてんだよ、小五相手《あいて》に」

「ファンサービス」

「ファン？」

「将来《しょうらい》の。もうちょっと大きくなったら、あの子たち、芝居《しばい》見に来てくれるかもしれないじゃん」

かず兄は超《ちょう》ポジティブでもある。

「あっそ」と言ったところで、三音《みおん》が走ってきた。

「ごめん、日直だったから」

「おつかれー」

かず兄は三音の頭に手をのせて、「じゃ、行こうか」と歩き出した。

どこへ？

オレと三音は顔を見合わせて、かず兄のあとを追《お》いかけた。

「ねー、かず兄、どこ行くかくらい教えてくれてもいいでしょ」

三音が上着《うわぎ》をひっぱる。と、かず兄の足が、ぴたっと止まった。

「言ってなかったっけ」

「言ってない」

「聞いてないよ」

オレと三音が同時に答えた。

かず兄は「あれそうだった？」って言いながら、また歩き出した。

「おまえら行き先も聞かないで、よくついてくんなぁ、おもしれー」

おもしろくないよ。

「で、どこに行くの？」

三音がもう一回聞くと、かず兄は左腕《ひだりうで》を見て、「あ、こんな時間だ。ちょっと急《いそ》ぐぞ」って足を速《はや》めた。

おいっ。

かず兄、あんた腕時計《うでどけい》なんてしてねーじゃん。

県道《けんどう》に出て、バスの停留所《ていりゅうじょ》を二つ分歩いたところで、かず兄はフライトジャケットのポケットからスマホをとりだした。

「この辺《へん》だと思うんだよな」

「なにが？」

かず兄は「んー？」と言ってきょろきょろしながら、右や左を指《ゆび》さして首をひねっている。と思ったら、ぱっと駆《か》け出して、信号《しんごう》で止まっているママチャリのおばさんに話しかけた。

ママチャリのうしろには、結介《ゆうすけ》より少し大きい感《かん》じの男の子が、通園バッグを肩《かた》からななめがけにしたまま乗《の》っている。

いきなり、なに話しかけてんだよ……。

ハラハラしていると、かず兄はママチャリの女の人に頭を下げて、オレたちのほうを見た。で、満面《まんめん》の笑《え》みで両手《りょうて》で○を作った。

「すぐそこだって」

だから、なにが？

かず兄は、こっちこっちとオレたちをひっぱって、停留所《ていりゅうじょ》の向《む》こうにある信号《しんごう》を左に曲《ま》がった。

「あっ」

「ここって」

曲《ま》がった道の右側《みぎがわ》には公園があって、向《む》かい側《がわ》の角にピンク色の鉄門《てつもん》が見えた。

「いち姉の保育園《ほいくえん》」

かず兄がにっと笑《わら》った。

「どういうこと？」

「陽次《ようじ》から、いち姉のこと聞いたんだけどさぁ」

親指《おやゆび》で額《ひたい》を小さくこすって、わずかに顔をかたむけた。

「なんかオレ、そーゆーごちゃごちゃすんの好《す》きくないんだよね。めんどくせーっていうか」

そりゃあ、誰《だれ》だってごちゃごちゃするのは好《す》きじゃないよ。

「けど、しょうがないじゃん」

「なんで？」

なんでって言われても……。

返答《へんとう》に困《こま》って思わず三音を見ると、三音はすっと目を細めて、オレからかず兄に視《し》線《せん》を動《うご》かした。

「相手《あいて》があることだからだよ」

そう！　そういうことだ。

オレがコクコクうなずくと、三音がちょっと得意《とくい》そうな顔をした。

「なんで？　なんでそれがしょうがない理由《りゆう》なんだよ」

「えっ、だって」

口ごもっている三音のうしろから、そろりと言った。

「人の気持《きも》ちなんて、わからないからじゃないの？」

「だったら聞けばいいじゃん」

かず兄はけろっと言った。

「聞くって誰《だれ》に？」

「本人に。そのほうがはやいだろ」

「ちょっと待《ま》って。本人って？」

三音が眉間《みけん》にしわを寄《よ》せながら、おずおずと言った。

「だから相田《あいだ》っち」

「マジ？」

「マジ。冗談《じょうだん》でわざわざ来るやついるか？」

「で、でもなんで三音たちまで？」

そうだ。そのとおり。三音もっと言え。

オレが大きくうなずいていると、かず兄がかぶりをふった。

「オレ一人がいきなり話しかけたら、あやしまれるじゃん。おまえらみたいな小学生が一緒《いっしょ》ならケーカイされにくいだろ」

なるほど、たしかにそれは一理あるかも。かず兄も案外《あんがい》、考えてるんだなと感心《かんしん》しているると、三音が言った。

「相田さんの顔、知ってるの？」

かず兄は数回まばたきをして、「ん？」と首をひねった。

マジですか……。

軽《かる》くめまいを感《かん》じていると、三音が大きく息《いき》をついた。

「やっぱり。かず兄って詰《つ》めが甘《あま》いよね。顔わからないのに、どうやって声かけるの？」

たしかに、詰《つ》めは甘《あま》い。

「せっかく来たのにぃ」

文句《もんく》を言いたくなるのもわかる。

「あー、時間ムダにしたー」

愚痴《ぐち》りたくなるのもしかたない、とも思う。

「だからかず兄は」

けど、わかるけど……。

「あーあ」

「うっせぇーよ！」

思わず大きな声を出したオレを、三音は驚《おどろ》いたように見て、ぷっとふくれた。

「か、顔なんてわかんなくても、なんとかなる」

「どうやって⁉」

「そんなの」

「そんなの？」

三音がギッとにらんでくる。

だから、顔こえーって。

一瞬《いっしゅん》たじろいだあと、オレは胸《むね》を張《は》った。

「直感《ちょっかん》！」

「……ばっかじゃないの」

三音はあきれたように言ったけど、かず兄は「そっか」と笑顔《えがお》になった。

「いや、直感《ちょっかん》っていうのとはちょっと違《ちが》うけどさ、相田っちの子ども、四歳《さい》の女の子と二歳《さい》の男の子だったよな。なら、その組み合わせのおっさんにしぼって声かけてみればビンゴすんじゃゃね」

「そうだよ！　オレもそれいいと思う。だろ」

「よくはないよ」

三音は不満《ふまん》そうだけど、とりあえずその作戦《さくせん》でいくことにした。

公園の入り口に近い植《う》え込《こ》みに座《すわ》って、オレたちは保育園《ほいくえん》から出てくる人を観察《かんさつ》した。お迎《むか》えに来るのはほとんどがお母さんだけど、ときどきお父さんらしき人もいた。そのたびにオレたちは緊張《きんちょう》したけど、子どもを二人連《つ》れて出てくるおっさんはまだいない。

「そういえば、とうちゃんはこのこと知ってんのかな？」

オレが言うと、かず兄は「どうかな」と肩《かた》を上げた。

「三音、きっとお父さんは知らないと思う」

「なんで？」

「だってお父さん、どーしてダメなの？　とか言いそうだもん」

あはっとかず兄は笑《わら》った。

「だよなぁ、とうちゃんってこだわらないっていうか、なーんも考えてないっていうか、自由《じゆう》すぎだもんな」

そう言って、植《う》え込《こ》みに落《お》ちている小枝《こえだ》をつまんでポキッと折《お》った。

「まぁ、そこがいいとこでもあるんだけどな、うん」

公園の電灯《でんとう》がぱちぱちっと灯《とも》った。

気がついたら、あたりはすっかり薄暗《うすぐら》くなっていた。

日が沈《しず》むと気温《きおん》は一気に下がる。

さむいな……と首を縮《ちぢ》めた。

「あ、見て」

三音の声に目をこらすと、保育園《ほいくえん》の門の中から、男の人と子どもが二人出てきた。

保育園《ほいくえん》の横《よこ》に止めてあるママチャリの前の座席《ざせき》に小さい子を乗《の》せて、大きいほうの子がうしろの席《せき》に座《すわ》ろうとよじ登《のぼ》っているあいだ、おっさんは自転車《じてんしゃ》を両手《りょうて》で支《ささ》えている。

「あの人かも」

オレが言ったときには、もうかず兄は公園を出るところで、オレと三音はあわてて追《お》いかけた。

と、そのとき門の中から誰《だれ》かが飛《と》び出してきた。

「相田さーん、忘《わす》れ物《もの》でーす」

「うわっ」

いきなり立ち止まったかず兄の背中にオレは鼻《はな》をぶつけて、オレのランドセルに三音の肩《かた》があたった。

「痛《い》ってー」

「わっ、なに」

オレと三音が声をあげると、聞き覚《おぼ》えのある声がした。

「一輝《かずき》？　志朗、三音？」

「い、いち姉！」

門の前で、いち姉がぽかんと口を開《あ》けて立っていた。

「一子《いちこ》先生？」

子ども二人を乗《の》せたママチャリを押《お》さえながら、おっさんがいち姉とオレたちを交《こう》互《ご》に見た。

かず兄は「よっ」といち姉に右手をあげて、「相田さんっすよね」と、ママチャリのおっさんに声をかけた。

「えっと」

「オレたち、いち姉のきょうだいです」

「ちょ、ちょっと待《ま》って、なに勝手《かって》に、えっ、なに、やだ」

いち姉は見たことがないくらいあわてふためいて、「忘《わす》れ物《もの》でーす」って持《も》ってきたビニール袋《ぶくろ》をぶんぶんふりまわしている。

「相田さん、ちょっと話いいっすか？」

「はあ、あ、はい、少しなら」

相田さんがうなずくと、かず兄は「すんませーん」と笑顔《えがお》を作って公園に入っていった。そのうしろを相田さんがママチャリを押《お》しながらついていく。

保育園《ほいくえん》の中から聞こえる「一子せんせー」の声に、いち姉は「いま行きまーす」と応《こた》えながら、かず兄と相田さんのうしろ姿《すがた》を目で追《お》っている。

「いち姉、三音たちにまかせて」

そう小さくこぶしをふって、三音は「志朗行くよ」ってえらそうに言いながら、オレの手を引いて駆《か》け出した。

「ちょっと三音、志朗!」

いち姉の声が背中《せなか》に聞こえた。

公園の中に入ると、相田さんはママチャリから子どもたちを下ろした。

「日花《にか》、流良《るら》のことちょっと見ててくれる?」

「うん、にかみてる」

相田さんは、腰《こし》を下ろして「ありがとう」と日花ちゃんの頭をなでて、立ち上がった。

かっこいいとはほど遠い、単《たん》なるおっさんだ。

だけど、「ありがとう」って頭をなでたときの目はすごくやさしい。

「オ、オレたちが、二人を見てます。なっ」

三音に顔を向《む》けると、あわてたようにうなずいた。

見てますとは言ったものの、ちびっ子二人は相田さんのすぐそばにしゃがみ込《こ》んで、足元の砂《すな》をかき集《あつ》めている。

山作るなら砂場《すなば》のほうがいいよ、って言おうと思ったけどやめて、オレと三音もそばにしゃがんだ。

「いち姉のことっすけど」

「はい」

砂《すな》を集《あつ》めながら、かず兄たちの会話に耳をかたむける。

「結婚《けっこん》しないって言ったって、ホントっすか」

「……すみません」

かず兄、その話ならいち姉から聞いてんじゃん……。

「相田さんは、いち姉のこと好《す》きっすか」

いきなりの直球《ちょっきゅう》、というか危険球《きけんきゅう》に思わず顔を上げると、相田さんは黙《だま》ってうなずいた。

「じゃあなんで⁉」

三音がばっと立ち上がった。

「好《す》きだったら結婚《けっこん》すればいいと思う」

相田さんは驚《おどろ》いたように三音を見て、それからそっと目尻《めじり》を下げた。

「一子先生は、いいきょうだいがいるんだなぁ」

そう言われて三音は頬《ほほ》をぽっと赤くした。

「ぼくはきょうだいがいないから、そういうのうらやましい」

「多すぎるのはめんどうだけど」

ぼそりと言うと、かず兄がゲラゲラ笑《わら》った。

「そうかい？　でもぼくはめんどうくらいがいいなって思うけど」

相田さんがそう言うと、かず兄はちょっと真面目《まじめ》な顔をした。

「いち姉も、そう思ってんじゃないっすか」

「えっ？」

相田さんはかず兄を見て、あわててその視線《しせん》を下げた。

「一子先生には、幸《しあわ》せになってほしいんです。苦労《くろう》はさせたくない」

枯《か》れ葉《は》が地面《じめん》をカサカサと転《ころ》がっていく。

「あーはい。はいはい」

かず兄は苦笑《くしょう》した。

「それってよく使《つか》うセリフだと思うんですけど。あ、オレ一応役者《いちおうやくしゃ》なんです。んで、そーゆーセリフってけっこう台本で見るんすよ。けど、なんつーか、それって本気のことばなのかよって、いつも思ってて」

相田さんが、小さく息《いき》をのんだ。

「だいたい幸《しあわ》せになってほしいって無責任《むせきにん》きわまりないっすよね、好《す》きな相手《あいて》に。しかも苦労《くろう》かけたくないって」

かず兄はふっと笑《わら》った。

「なにが苦労《くろう》かなんて、人それぞれじゃないっすか。つーか、苦労《くろう》かけさせてもらえないより、一緒《いっしょ》に苦労《くろう》したいって思うんじゃないかなって。ただ見ているだけのほうがつらいと思うんすけど」

ちょっとかず兄、かっこいいかも……。

三音が相田さんの袖《そで》をつかんだ。

「いち姉、言ったもん。相田さんたちを幸《しあわ》せにできるかはわからないけど、自分は幸《しあわ》せになる自信《じしん》あるって」

相田さんは、はっとしたように三音を見た。

「本当です」

いつのまにか、いち姉がシーソーの前に立っていた。

「いち姉」

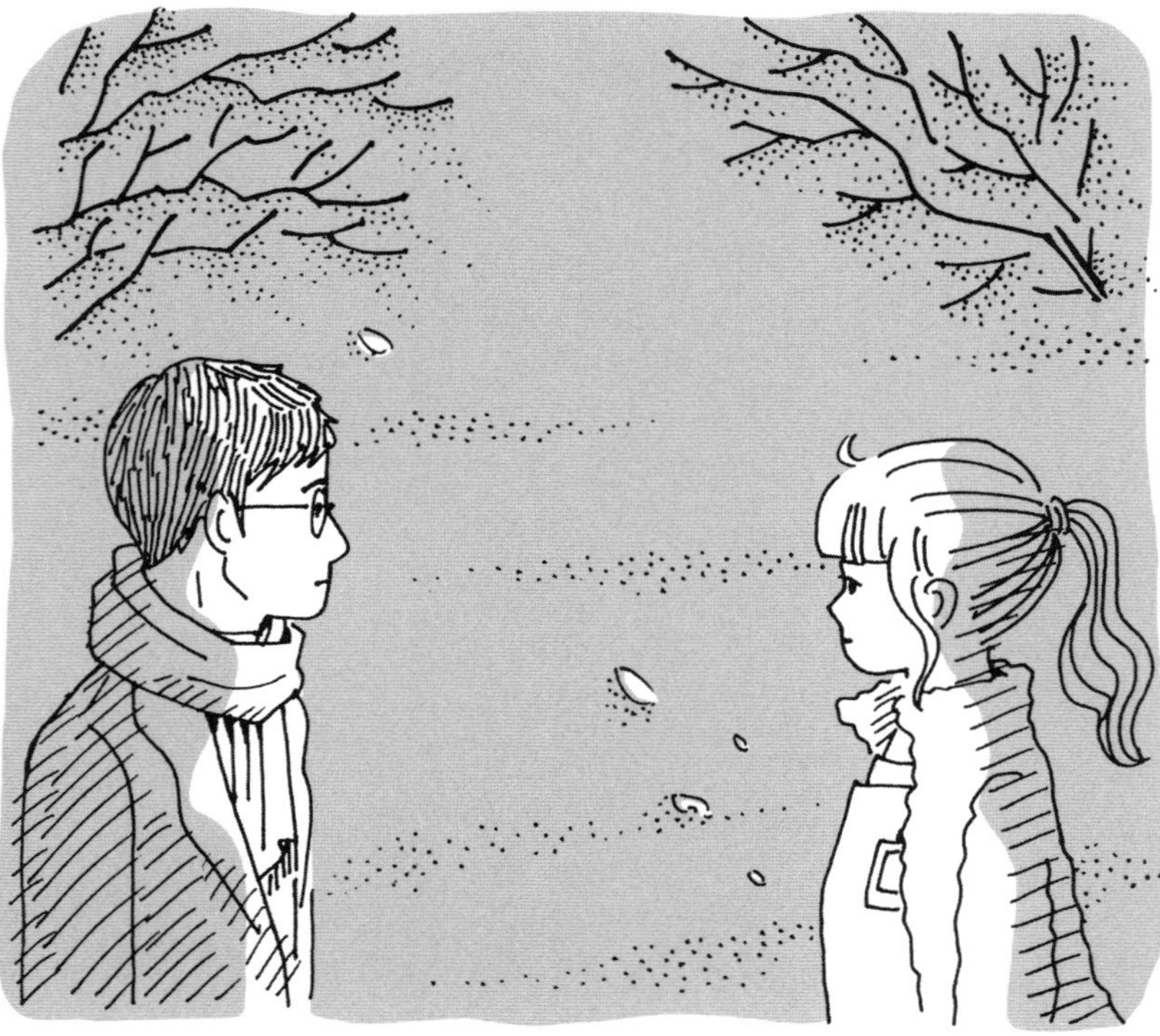

「あ、いちこせんせーだ」

お姉ちゃんの日花ちゃんが、いままで作っていた砂山《すなやま》をふんづけて、いち姉に駆《か》け寄《よ》ると、弟の流良くんもつられるように「てんてー」と、いち姉のところへ行った。

いち姉は二人をギュッと抱《だ》きしめて、相田さんに顔を向《む》けた。

「相田さん、あたしを相田さんと、日花ちゃんと、流良くんの家族《かぞく》にしてください」

オレたちは目だけで、いち姉と相田さんを交互《こうご》に見た。

「あたしを、およめさんにしてください」

きゃーと叫《さけ》びそうな勢《いきお》いで、三音がオレの背中《せなか》をバシバシたたいた。

痛《い》てーよ。

っていつもなら言うとこだけど、オレも叫《さけ》びたいくらいだったから、黙《だま》ってたたかせてやった。

かず兄はニヤニヤしながら、オレの袖《そで》をひっぱって、オレは三音のランドセルをひっぱった。

車がばんばん走っていくバス通りを、オレたちはまっすぐに歩いた。

「でも、いち姉が結婚《けっこん》しちゃったら、三音ちょっとさみしいかも」

おいっ。

「いまさらそんなこと言うなよ」

オレだって、本当はそう思ってるんだから。

そんなふうに思っていたら、かず兄がおかしそうに笑《わら》い出した。

「笑《わら》うことないじゃん！」

わりいわりいと言ってかず兄は、涙目《なみだ》になってる三音の頭に手を置《お》いた。

「でも、まだわかんないけどなー。相田っち、プロポーズできないかもしんないし」

「そんなのダメ！」

三音が、だっと立ち止まった。

「じゃー、しょうがねーじゃん。それに結婚《けっこん》したって、いち姉は消《き》えちゃうわけじゃないだろ」

「でも、うちからはいなくなっちゃう」

「だよな。いち姉が結婚《けっこん》したら、うちは九人家族《かぞく》だし」

オレが言うと、かず兄は「おまえらってアホだな」って笑《わら》いながら、オレと三音にがばっと肩《かた》を組んだ。

「九じゃなくて、十三だろ」

「十三人家族《かぞく》？」

「暮《く》らすとこはべつかもしんないけどさ」

えっ？

「だろ？」

ああ、うん、そうだ！

「オレもそう思う」

オレが言うと、三音は二度《ど》まばたきをしてうなずいた。それから、顔を上げてきらっと目を光らせた。

「いち姉のこと、三音がみんなに報告《ほうこく》する！」

「それは年長者《ねんちょうしゃ》の仕事《しごと》」

「ダメー！　三音が言う」

三音がかず兄のポケットからスマホを抜《ぬ》き取《と》った。

「うわ、なに勝手《かって》なことしてんだよ」

返《かえ》せ返《かえ》せとかず兄が騒《さわ》いで、三音がぎゃーぎゃー言っている。

これからもいろいろあるんだろうなぁ。でもきっと、いち姉と相田さんは、そういういろいろを乗《の》り越《こ》えていける気がする。

楽観的《らっかんてき》すぎるかな。けど、もしもなにかあったって、いち姉にはオレたちがついてる。

オレたちきょうだいはお節介《せっかい》だし、うるさいし、めんどうなことのほうが多い。けどめんどうなことが多い分、頼《たよ》りにもなるんだ。

「ベー」と、三音が舌《した》を出して走り出し、かず兄が「おーい」って言いながらそのあとを追《お》いかける。

……やっぱめんどうかも、きょうだいって。

そうだ、明日の六時間目って作文じゃん。

ねーちゃんが結婚《けっこん》します。

なんて書けるやつ、オレくらいだろうな。

ふっと笑《わら》って顔を上げた。二人は次《つぎ》の信号《しんごう》の手前でぎゃーぎゃー言っている。

「ちょっと待《ま》ってよー」

オレはあわてて、二人の背中《せなか》を追《お》いかけた。


『ぼくの家族』

五年一組　唐木田　志朗

ぼくのうちは、よく大家族と言われます。

とうちゃんとかあちゃんと、姉ちゃん二人と、兄ちやん三人、妹と弟とぼくで十人です。でも今度、一番上の姉ちゃんが結こんして、九人家族になります。

　ぼくは、大家族って言われることも、八人きょうだいって言ったとき、「すげー」って言われるのも好きじゃありません。

　きょうだいが多いと、いろいろめんどうなことも多いので、ひとりっ子とか二人きょうだいっていいなって思っていました。でも、姉ちゃんが結こんすることになって、家からいなくなってしまうと思ったら、すごくすうすうしてさびしくなりました。ほかに六人のきょうだいがいても、です。

　ぼくはずっと、家族は増えるもので、減るなんて思ったことがなかったからです。

　そうしたら兄ちゃんが、「姉ちゃんが結こんするのは、減るんじゃなくて増えるんだ」って言いました。

　そうか！と思いました。くらすところはべつかもしれないけど、姉ちゃんはずっと姉ちゃんです。そうしたら、すうすうがいつの間にか消えていました。

　だから、もうすぐぼくんちは、十三人家族です。どうして十一人じゃなくて、十三人なのかは、コジンジョウホウのなんとかがあるので、ないしょです。

おわり

うそも方便《ほうべん》

帰りの会がはじまる前、昨日《きのう》からうっかり出し忘《わす》れていた保護者会《ほごしゃかい》の出欠《しゅっけつ》回答の用紙を教卓《きょうたく》へ持《も》っていくと、末永《すえなが》先生が「そうだ」と机《つくえ》の上に重《かさ》ねてある本の下から作文をとりだした。

「これ、よく書けてたね」

げっ、それは先週書いた『ぼくの家族《かぞく》』ってテーマの作文。

「唐木田君《からきだくん》が、いま家族《かぞく》のことをどんなふうに思っているか書かれていて、先生すごく感心《かんしん》して読みました。できればもう一枚《まい》くらい書いてくれたらよかったんだけどね」

先生がそう言ってニコニコしていると、黒板《こくばん》を消《け》していた江上《えがみ》がつつっと寄《よ》ってきて、作文をのぞき込《こ》んだ。

「勝手《かって》に見んなよ」

あわてて作文用紙に両手《りょうて》をのせると、江上は「ケチ」と唇《くちびる》をとがらせた。

先生はおかしそうにオレたちを見ながら、作文を本の下に戻《もど》した。

「さ、帰りの会をはじめますよ」

江上に席《せき》に戻《もど》るように言いながら、先生はオレにこそっと言った。

「大丈夫《だいじょうぶ》、この作文はどこかに発表《はっぴょう》するっていうことで書いてもらったわけじゃないからね」

びびった……。

作文ってだからこわいんだ。思ったとおりに書けばいいって先生は言うけど、そうやって書いたものを、平気《へいき》でクラス通信《つうしん》だとかに載《の》せることがある。載《の》せるときは事前《じぜん》に言ってもらわないと、いろいろ支障《ししょう》があるんだ。まあ今回はよかったけどさ。

時計を見ると、もう三時四十五分だった。

やばい。

あわてて机《つくえ》に戻《もど》って、引き出しの中のものをランドセルにつっこんだ。

今日は、帰りの会が終《お》わったらダッシュで帰らないといけない。……って、誰《だれ》に言われたわけじゃないけど、帰りたい。

だって、今日の四時に、相田《あいだ》さんがあいさつに来るんだから。

三十五歳《さい》のおっさんで、二人の子《こ》持《も》ちの相田さんは、いろいろ余計《よけい》なことを考えてすったもんだしたんだけど、オレたちきょうだいのお節介《せっかい》のおかげで、先週ついに、いち姉にプロポーズしたらしい。

その相田さんが、今日の四時にうちへあいさつに来る。

先生が「じゃあ終《お》わります」と言うと、日直が「きりーつ」と号令《ごうれい》をかけた。オレは「さようなら」の「ら」と同時に、教室を飛《と》び出した。

「来てる？」

息《いき》を切らして玄関《げんかん》のドアを開《あ》けると、階段《かいだん》に座《すわ》っていた三音《みおん》が首を振《ふ》った。

「まだ」

セーフ。二階《かい》へ駆《か》けあがり、ランドセルを部屋《へや》の中に放《ほう》り込《こ》んだとき、チャイムが鳴った。

「相田さん、大丈夫《だいじょうぶ》かな」

三音と階段《かいだん》の横《よこ》に隠《かく》れて様子《ようす》を見ているうちに、なんだかドキドキしてきた。三音も緊張《きんちょう》しているみたいに、スカートをギュッとにぎっている。

だって玄関《げんかん》を入ってきたときから、相田さんの緊張感《きんちょうかん》がハンパじゃないんだ。「こんにちは」のあいさつは声がひっくり返《かえ》っているし、コートを脱《ぬ》げば、スーツに外し忘《わす》れたクリーニング屋《や》のタグがついているし、表情《ひょうじょう》も歩き方もあきらかにぎこちない。

いち姉はそんな相田さんをおかしそうに見ているみたいだけど。

二人がリビングに入っていくと、オレたちはドアの前に移動《いどう》して、中をのぞいた。

かあちゃんはにこやかに「はじめまして」ってイスをすすめて、いち姉はお客《きゃく》さま用のティーカップを相田さんとかあちゃんの前に置《お》いた。

オレは自分が息《いき》を殺《ころ》していることに気づいて、大きく深呼吸《しんこきゅう》した。

相田さん、なんて言うんだろう。かあちゃんはどうするんだろう。

いち姉が相田さんの隣《となり》の席《せき》に座《すわ》った。と思ったら、相田さんがいきなり立ち上がった。

「お、お母さん」

「はい」

かあちゃんはカップにのばした手を引っこめた。

「ぼくは、一子《いちこ》さんを幸《しあわ》せにできる自信《じしん》はありません」

おいっ……。

第《だい》一声でそれはない。

三音も唖然《あぜん》として、口をぽかんと開《あ》けている。でもかあちゃんはなにも言わず、相田さんを見上げてる。

「い、一子さんに苦労《くろう》をかけたくない、幸《しあわ》せになってほしいから、ぼくは結婚《けっこん》はできないと一子さんに言いました」

知ってる。てか、いまその話を蒸《む》し返《かえ》すってどういうことなんだよっ。

底冷《そこび》えする廊下《ろうか》にいるのに、手が汗《あせ》ばんだ。

「バカみたいなんですが、ぼ、ぼくは、かっこうをつけていたんです。でも、もともとぼくはかっこう悪《わる》い人間なんです」

耳を真《ま》っ赤にして言う相田さんを見て、「バカみたいじゃなくて、バカだよ」とぼそりと言う三音に、オレは激《はげ》しくうなずいた。

「かっこう悪《わる》いぼくの本心は、一子さんの弟さんや妹さんにはバレバレで、はじめて会ったのに、ぜんぶ見透《みす》かされていて。それで」

「相田さん」

いち姉が言うと、相田さんはまっすぐにかあちゃんを見た。

「本当のぼくは、自分が幸《しあわ》せになりたいんです。そのためには、一子さんが必要《ひつよう》なんです。ずっと隣《となり》にいてほしいんです」

なんでそんなに正直に言うんだろう。こういうときはうそも方便《ほうべん》だ。いち姉を幸《しあわ》せにしますって言えばいいのに。かあちゃんだって、幸《しあわ》せにできる自信《じしん》はありません、なんて言われたら困《こま》るじゃん。

外から、焼《や》き芋屋《いもや》さんの間延《まの》びしたコールが聞こえる。この最悪《さいあく》のシチュエーションにまったく不釣《ふつ》り合いだけど、ちょっとだけ癒《い》やされる。

相田さんは、大きく息継《いきつ》ぎをして言った。

「一子さんには世界一幸《せかいいちしあわ》せになってほしいけれど、その力はぼくにはありません。勝《か》手《て》なことを言っていると思います。一子さんにはたぶん、いえ、ぜったい、苦労《くろう》をかけてしまうと思うんです。でも、これだけは自信《じしん》をもって言えます。一子さんがいてくれたら、ぼくとぼくの子どもたちは幸《しあわ》せになれます」

そう言って「結婚《けっこん》を許《ゆる》してください」って、かあちゃんに頭を下げた。

終《お》わったな……。

オレはがっくり力が抜《ぬ》けた。これで「どうぞどうぞ、お嫁《よめ》さんにしてあげてくださ
い」なんて言う親がいるか？

なのに。

「おめでとう」

え、うそ。なんで？　おめでとうって、結婚《けっこん》していいよっていうことだろ？

混乱《こんらん》していると、三音がぼそっと言った。

「いち姉も、このまえ同じこと言ってたね」

「えっ？」

「相田さんたちを幸《しあわ》せにできるかわからないけど、自分は幸《しあわ》せになれるって言ってた

じゃん、いち姉」

「あっ」

そうだ、そう言ってた。あのときのいち姉はすごくきれいだった。

「志朗《しろう》ってさ」

三音がじろっとオレを見た。

「な、なんだよ」

「ガキだね」

おいっ。

「うっせーよ」

年下の三音に言われたくない。

一応《いちおう》、言い返《かえ》したけど、やっぱりガキなのかなっ。なんかちょっとショック。

でもまあいいか、いち姉がうれしそうなのが一番だ。

このところ、いち姉のことがあって家の中がどこか落《お》ち着《つ》かなかった。そりゃあ小さいトラブルは年中、家中のあちこちで起《お》きてる。

今朝だって、朝の忙《いそが》しい時間にあゆ姉が洗面所《せんめんじょ》を二十分も独占《どくせん》してるって、よう兄がキレてたし、絵本にみつ兄がオレンジジュースをこぼして結介が大泣《な》きしてた。三音はリコーダーがないって騒《さわ》いで、それをオレのせいにするから言い合いになった。

そんなことは日常《にちじょう》で、あたりまえに起《お》きて、流《なが》れていく。けど、いち姉のことは、そういうのとはちょっと違《ちが》ってたから。

反対《はんたい》していたかあちゃんが悪《わる》いわけでもないし、いち姉がいけないわけでもないから、なおさらだ。

かあちゃんが、いまの相田さんの話を聞いて、いち姉の結婚《けっこん》に賛成《さんせい》したっていうのは意味《いみ》がわからない。けど、かあちゃんといち姉が一緒《いっしょ》に笑《わら》ってることに、オレはすごくホッとしている。

「ただいまー」

制服姿《せいふくすがた》にうっすら化粧《けしょう》をしたあゆ姉が玄関《げんかん》から入ってきた。足元に並《なら》んだ大きな黒い革靴《かわぐつ》に目をやって、どぉ？　と、口を動《うご》かす。オレが両手《りょうて》で○を作って見せると、あゆ姉は、よっし、とグーにした手をゆらした。

「ちょっと見せて、相田さんってどんな人よ」

相田さんと会ったことがあるのは、オレと三音とかず兄だけ。あゆ姉はオレたちの頭に手をのせて、リビングをのぞき込《こ》んだ。と、すっとドアが開《あ》いた。

「わっ」

「こんなところにいないで入ったら？」

いち姉があきれたように言うと、部屋《へや》の中で「こんにちは」と相田さんの声がした。

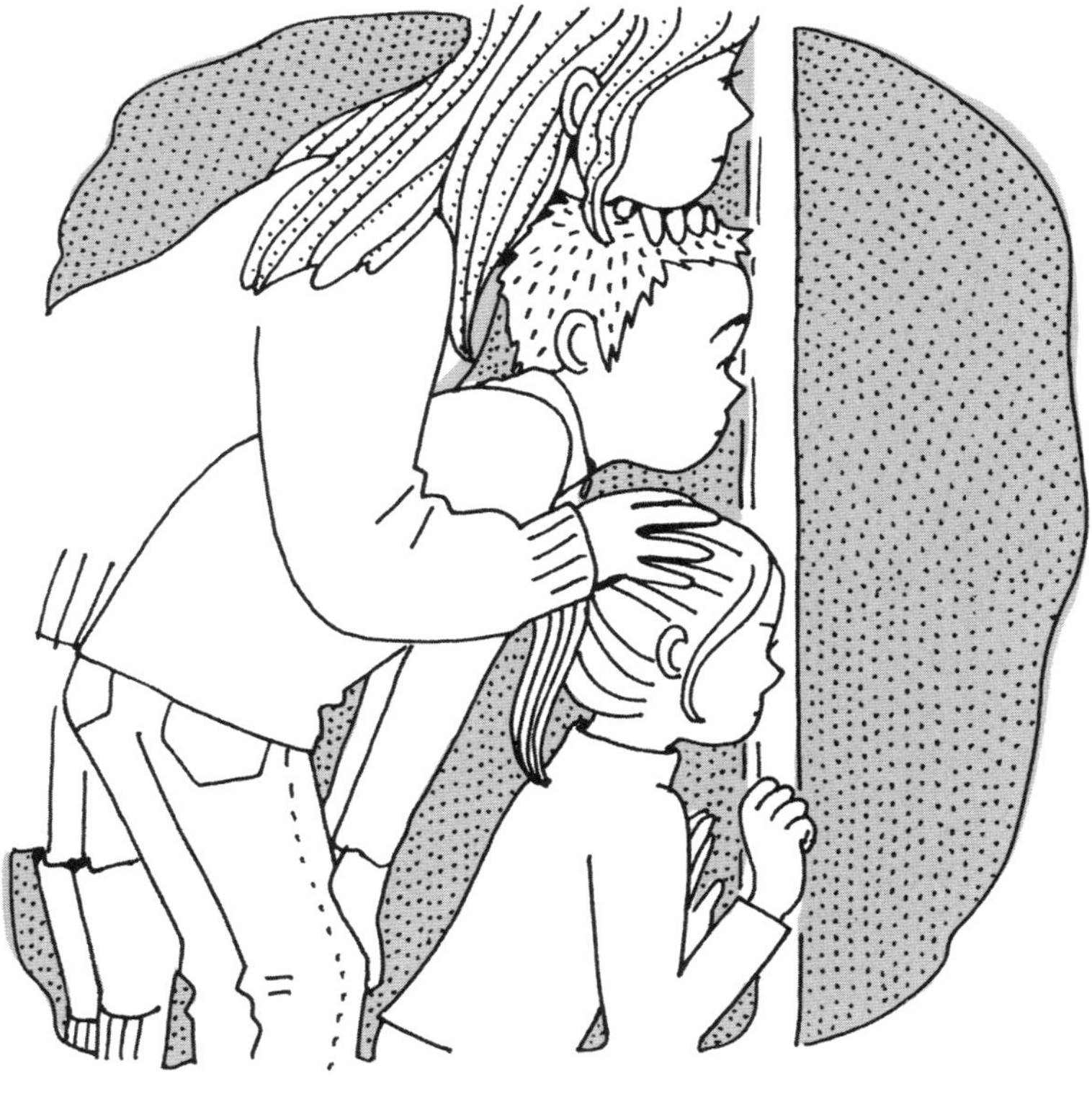

あゆ姉は、オレの背中《せなか》を押《お》しながら部屋《へや》に入ると、どうもと頭をゆらした。

「相田っち、よさそうな人じゃん。ちょっと頼《たよ》りない感《かん》じもするけど、いち姉ってあーゆうタイプ放《ほう》っておけないんだよね。そういえば相田っちって、お父さんに似《に》てない？」

似《に》てねーよ。

相田さんが「子どもたちの迎《むか》えがあるので」って帰ったあと、あゆ姉はいつもの調《ちょう》子《し》に戻《もど》った。

あゆ姉は家では威張《いば》ってるけど、実《じつ》はものすごい人見知りだ。初対面《しょたいめん》の相手《あいて》で大《だい》丈夫《じょうぶ》なのは、同じ年くらいの人だけで、上でも下でも三歳以上《さいいじょう》、年の離《はな》れた相手《あいて》になると、とたんに無口《むくち》になる。

いまはそれほどでもなくなったらしいけど、小学校の頃《ころ》は、おつかいに行ってもお店の人に聞いたり、頼《たの》んだりができなくて、ごま油《あぶら》を買うのに二時間もかかったとか、棚《たな》の上のほうにあって手が届《とど》かないものは、「なかった」って言って買ってこなかったんだって。そのうち、あゆ姉はおつかいを頼《たの》まれると、「公園行こうか」って、ちびっ子だったよう兄を連《つ》れ出して、店であれ聞け、これ聞けと、通訳《つうやく》がわりにしてたたんだって。「公園行こうなんて言って、公園には三分もいないんだからな」って、その話はよう兄から何度《ど》も聞かされた。

いまはそこまでじゃないけど、やっぱり慣《な》れるまでに時間がかかる。

「ま、あたしの好《この》みじゃないけど、いち姉が好《す》きになったってのは、ちょっとわかる気がする」

そう言って、あゆ姉は相田さんが持《も》ってきたクッキーをつまんだ。

「でしょ！　だから三音、相田さんいい人だったって言ったじゃん」

三音が鼻《はな》の穴《あな》を広げて言うと、あゆ姉は口角を下げた。

最近《さいきん》の三音は、自分のほうが先に相田さんに会ったことが自慢《じまん》で、あゆ姉はそれがおもしろくない。

最初《さいしょ》のうちは三音の言うことを、「へー」とか「ふーん」って聞いていたけど、いつのまにか相田さんの話題《わだい》になると、どっちがより相田さんについて知っているかっていう言い合いになっている。

こんな意味《いみ》のない争《あらそ》いに巻《ま》き込《こ》まれるのだけはごめんだ。

そっとリビングから廊下《ろうか》へ出たとき、勢《いきお》いよく玄関《げんかん》のドアが開《あ》いた。

「よっ！」

大きなリュックを背負《しょ》って、肩《かた》からカメラバッグをさげたクマみたいな男が右手をあげた。

「とうちゃん！」

「ただいま」

その声に、リビングからあゆ姉と三音が飛《と》び出してきた。

「お父さん！」

「おとーさん！」

とうちゃんは「よっ」ともう一度《いちど》言ってカメラバッグを肩《かた》から下ろすと、うしろをふり返《かえ》った。

「おお、翔太《しょうた》なにやってんだよ」

とうちゃんのうしろからもぞもぞと出てきたのは、「F」のマークが入った黒いキャップをかぶっている四、五歳《さい》くらいの男の子だった。

男の子は、ネコが毛を逆立《さかだ》てるみたいに肩《かた》をいからせて、上目遣《うわめづか》いでオレをにらんだ。

なにこのガキ。

つーか、誰《だれ》？

「こいつは翔太。翔太、今日からここがおまえんちだぞ」

はい？

オレたちがぽかんとしていると、とうちゃんは「あがれあがれ」と、翔太とかいう

F

ガキの背中《せなか》を押《お》して、リビングに入っていった。

「なにあれ」

あゆ姉がぼそっと言うと、三音はオレの腕《うで》をバシッとたたいた。

「痛《い》ってー、なんだよ」

「いいから」

三音がオレのうしろで、聞いてきてとばかりにアゴをくんと上げる。

「なんでオレが」

「だってお兄ちゃんでしょ」

思ってないだろっ。

都合《つごう》のいいときだけ妹ぶりやがって、ずるいよなー。なら、あゆ姉が聞いてよ、とふり返《かえ》ると、あゆ姉は完全《かんぜん》に固《かた》まってる。

つかえねー。

「ほらほら」

三音に背中《せなか》を押《お》されてリビングに入ると、翔太とかいうガキは野球帽《やきゅうぼう》をかぶったまま食卓《しょくたく》のイスに座《すわ》っていて、ギュッと唇《くちびる》をかんでいる。で、とうちゃんは冷蔵庫《れいぞうこ》に頭をつっこんでいた。

とうちゃんと謎《なぞ》の少年

「と、とうちゃん」

「んー？　なぁ、なんか食うもんないかな。ハラ減《へ》っちゃってさ」

とうちゃんは冷蔵庫《れいぞうこ》からピクルスが入っているビンをとりだすと、一つ口に放《ほう》り込《こ》んだ。

「インスタントラーメンなら、あるけど」

「それでいいや、よろしく」

えっ、オレが作んの⁉

ぐつぐつと鍋《なべ》の中でノンフライ麺《めん》がほぐれていく。菜箸《さいばし》でそれをつつきながら顔を上げると、部屋《へや》の隅《すみ》にいる三音《みおん》と目が合った。

にらむなよっ。

オレだってなんでラーメンなんて作ってるのか意味不明《いみふめい》だけど、しょーがねーじゃん。

こういうものには流《なが》れというか、順序《じゅんじょ》ってものがあるんだ。

わかってるよ、と口だけ動《うご》かしてみせると、早く！　とばかりに三音は顔を斜《なな》めにふった。で、もう一つ突《つ》き刺《さ》さってくる視線《しせん》をたどると、リビングのドア越《ご》しにあゆ姉と目が合った。

ストーカーかよっ。

「志朗《しろう》ー、煮《に》すぎるなよ」

「あっ、やべ」

あわててコンロの火を止めたけど、見るからにお湯《ゆ》が少ない。もう一度《いちど》火をつけて、こっそり水を足した。

麺《めん》は確実《かくじつ》にふにゃふにゃになるけど、しかたない。沸騰《ふっとう》したところでスープ粉末《ふんまつ》を入れて、卵《たまご》を落《お》とした。

「できた」

どんぶりを二つ、おぼんにのせて持《も》っていくと、とうちゃんは「きたきた」と言って、一口ズズッとやって顔をしかめた。

「やわらかいな」

それから二口目を口に運《はこ》びながら翔太《しょうた》に目をやった。

翔太は箸《はし》をつかむように持《も》って、どんぶりの中をのぞき込《こ》んでいる。帽子《ぼうし》のつばが汁《しる》につかりそうだ。

「帽子《ぼうし》とったほうがいいよ」

オレが手をのばすと、翔太は箸《はし》をつかんだまま、オレの手を払《はら》いのけてにらんだ。

「痛《いて》っ、てかさ、部屋《へや》の中にいるときは」

「志朗」

とうちゃんが、ゆっくりかぶりをふって、一度《いちど》こくりとうなずいた。

そのままにしといてやれ……ってことかよ。

なんかすっげー感《かん》じ悪《わる》いんですけど。

オレがムッとしていると、とうちゃんはズズッとラーメンをすすった。

「翔太、早く食え。これ以上《いじょう》のびたら食えなくなるぞ」

どーせまずいですよっ、食えない一歩手前ですよっ。

と、すねた気分でいると、翔太はもごもご「いただきます」と言って、箸《はし》をスコップみたいに持《も》ってどんぶりの中に入れた。

箸《はし》、使《つか》えないのか？

オレたちきょうだいは、箸《はし》の使《つか》いかただけは自信《じしん》がある。二歳《さい》の結介《ゆうすけ》ももう箸《はし》を使《つか》ってる。

——食事《しょくじ》は生きる基本《きほん》だからね。食べるために必要《ひつよう》な箸《はし》はちゃんと使《つか》えないと。

かあちゃんは、細かいことは気にしないけど、箸《はし》の持《も》ちかただけは、小さい頃《ころ》からうるさかった。

「……い」

翔太がなにか言った。

「へっ？」

「まずい」

「…………」

しゃべったと思ったらこれかよ。マジで感《かん》じ悪《わる》っ。

と、とうちゃんがゲラゲラ笑《わら》った。

「でもまずくても、ハラが減《へ》ってるときは食えちゃうんだよなぁ」

あ、本当だ。食ってんじゃん。つーか、とうちゃんもいつまでも笑《わら》ってんじゃねーよ、と心の中でつぶやいていると、部屋《へや》の隅《すみ》で三音がキレた。

「だから、この子誰《だれ》!?」

なのにとうちゃんは、三音がなんで怒《おこ》っているのか、まったくわからないような顔をしている。

「さっき紹介《しょうかい》しただろ？　翔太だよ。あ、そういやおまえ何歳《さい》だっけ」

翔太が指《ゆび》を四本立てた。

「四歳《さい》だ」

平然《へいぜん》と答えるとうちゃんに、さすがの三音も返《かえ》すことばを失《うしな》っている。

「そういえば、かあちゃんは？」

「結介の迎《むか》え。スーパー寄《よ》ってくるって」

力なく答えるオレに、とうちゃんは「迎《むか》えの時間かぁ」とのんきに言いながら、スープを最後《さいご》まで飲《の》み干《ほ》した。

とうちゃんは昔《むかし》っから自由人《じゆうじん》だ。あれこれこだわらないし、オレたちのすることに対《たい》しても、基本《きほん》、ダメって言うことはない。

そういうところが、フトコロでかいって言う人もいるけど、言いかたをかえると、ただいいかげんってことだと思う。

ここんとこ、オレたちはみんな、いち姉のことであれこれあって、オレだってそれなりに気を使《つか》ってた。

そういう苦労《くろう》をまったくしないで、いきなり機嫌《きげん》よく帰ってきて、ラーメン食って、おまけに誰《だれ》だかよくわからない子を連《つ》れてきて。それってやっぱり、おかしくないか？

——今日からここがおまえんちだぞ。

って、なんで？

ここが翔太んちってことは、家族《かぞく》ってこと？　ってことはオレの弟？　……まさか

それはない、と思うんだけど。

「ただいまー」

いち姉の声がした。

「もー、いち姉なにやってたの、遅《おそ》いじゃん」

あゆ姉の声が廊下《ろうか》から響《ひび》いた。

「ごめん、相田《あいだ》さん送《おく》ったあとで本屋《や》さんに寄《よ》ってたから。ってあれ、この靴《くつ》。お父さん帰ってきたの？」

カチャッとドアが開《ひら》いて、リビングにいち姉が入ってきた。

「よっ」

「やっぱりお父さんじゃない。もー、今日帰るなら連絡《れんらく》くれたら……」

いち姉の視線《しせん》が、とうちゃんの横《よこ》にいる翔太に止まった。

「あ、ごめんなさい。お客《きゃく》さん、だったんだ」

「違《ちが》う違《ちが》う、客《きゃく》じゃないから大丈夫《だいじょうぶ》」

「違《ちが》う？」

「そっ、今日から翔太も家族《かぞく》の一員《いちいん》だ。ここで暮《く》らすことになったからな」

「家族《かぞく》のって、えっ、ここで暮《く》らす？」

いち姉は、オレ、あゆ姉、三音の順《じゅん》に視線《しせん》を動《うご》かして、最後《さいご》にとうちゃんを見た。

「どういうこと？」

そう言ったとき、おもてからかあちゃんと結介の声が聞こえてきた。

「ただいまー」

「たたーま！」

かあちゃんの声に、とうちゃんはいそいそと玄関《げんかん》へ向《む》かった。

たたたたたっと結介が部屋《へや》に駆《か》け込《こ》んできた。廊下《ろうか》をのぞくと、玄関《げんかん》を上がったところでとうちゃんとかあちゃんが話をしている。

きっと翔太のことだろうけど。

オレたちにだって、もう少しまともに話してくれないとわかんないっての。

結介は、テレビの横《よこ》に置《お》いてあるおもちゃ箱《ばこ》からゴミ収集車《しゅうしゅうしゃ》をとりだした。

「結介おかえり。先におてて洗《あら》うんじゃなかったっけ」

いち姉が結介の前にしゃがんで言うと、結介は「やー」と言ってゴミ収集車《しゅうしゅうしゃ》を床《ゆか》の上で前にうしろにと走らせている。

数日前から、いきなり結介の「やー」がはじまった。トイレに行くのも、ごはんを食べるのも、寝《ね》るのも、服《ふく》を着替《きが》えるのも、とりあえず「やー」をくり出して、そのたびにオレたちを萎《な》えさせる。

で、こっちがムリにやらせようとすると、ひっくり返《かえ》って泣《な》きわめくから、手がつけられない。

もう手なんて洗《あら》わなくたっていいじゃん。正直、いまは結介の「やー」なんかにつきあってる場合じゃない。

ちらっと見ると、翔太はイスに座《すわ》ったまま、じーっとテーブルの上を見ている。

なんだかずっと怒《おこ》ってるっていうか、不機嫌《ふきげん》そうっていうか、なんにもしゃべんないくせに、人のことをにらんできたりさ。

なんなんだよ。

四歳《さい》っていったら結介と二歳《さい》しか違《ちが》わないわけじゃん。結介だってあれこれめんどうだけど、こんな生意気《なまいき》な顔はしない。

そりゃあ知らないところに来て不安《ふあん》なのはわかるけど、不安《ふあん》っていうより、怒《おこ》ってるよな、こいつ。

「ゆーすけー」

のんびりとした、いち姉の声にふり返《かえ》った。

「結介の大好《す》きなゴミ収集車《しゅうしゅうしゃ》に、ばいきんついちゃうよ。ゴミ収集車《しゅうしゅうしゃ》が病気《びょうき》になっちゃってもいいの？」

いち姉がそう言うと、結介はパッと顔を上げて、「やー」と首をふった。

「そうだよね、病気《びょうき》になっちゃったらあそべないもんね」

結介は、パッと立ち上がると、いち姉と一緒《いっしょ》に洗面所《せんめんじょ》へ行った。

すげー。

結介の「やー」を逆《ぎゃく》に使うとは。さすがいち姉。

と、目の端《はし》っこで、翔太が立ち上がったのが見えた。

翔太はたたたってこっちに来て、結介が持《も》っていたミニカーを床《ゆか》にたたきつけた。

三音がきゃっと小さく声をあげる。

「おい！」

思わず翔太の腕《うで》をつかむと、オレの腕《うで》を大きな手がにぎった。

とうちゃん。

とうちゃんは、オレに向《む》かってゆっくりかぶりをふると、翔太を抱《だ》き上げた。

「翔太、ものを投《な》げちゃダメだ。言いたいことがあったら、なんでも言え」

とうちゃんのうしろから、かあちゃんが顔を出した。

「こんにちは。わたしがこのおじさんの奥《おく》さんで、この家のお母さん。よろしくね」

かあちゃんはそう言って、流《なが》しでタオルをぬらしてくると、ラーメンの汁《しる》の付《つ》いた翔太の手をきれいに拭《ふ》いた。

洗面所《せんめんじょ》から戻《もど》ってきた結介がそれを見て、かあちゃんの足にしがみつく。

「結君《くん》、お兄ちゃん翔太君《くん》っていうのよ。翔太君《くん》、この子は結介。仲良《なかよ》くしてあげてね」

翔太は口を結《むす》んだまま小さくうなずき、結介はやっぱり「やー」と、わめいた。

「気にしないでね。『やー』って言うのは結介のいまのブームみたいなものだから」

かあちゃんはそう言って、ローテーブルに画用紙とクレヨンを二人分出した。

「三音、お父さんと一緒《いっしょ》に二人のこと、ちょっと見てやってね」

「えっ、あたし？　宿題《しゅくだい》やろうと思ったのに」

「お願《ねが》い」

「もぉ、じゃあ宿題《しゅくだい》ここでやるよぉ」

かあちゃんの「お願《ねが》い」には、なぜか逆《さか》らえない迫力《はくりょく》がある。めったにこの「お願《ねが》い」は出ないけど、それだけに言われたときはぜったい的《てき》なパワーがあるんだ。

とうちゃんは玄関《げんかん》に置《お》きっぱなしになっていたエコバッグを運《はこ》んできて、特売《とくばい》のシールが貼《は》ってある肉のパックや納豆《なっとう》や野菜《やさい》を、とりあえず冷蔵庫《れいぞうこ》につめてから、ローテーブルのそばに行って、ごろんと横《よこ》になった。

「手伝《てつだ》うよ」と台所《だいどころ》に入ったいち姉が、「お母さん」と声をおさえて言うと、かあちゃんはやわらかく笑《わら》ってうなずいた。

「あとで、みんなにもちゃんと説明《せつめい》するから」

「……わかった」

いち姉はうなずいて、オレとあゆ姉に向《む》かって（そういうことだから）って、目配《めくば》せした。

それからいち姉は米をとぎ、あゆ姉は洗濯物《せんたくもの》をとりこみ、オレは風呂《ふろ》を洗《あら》った。

七時頃《ごろ》帰ってきた、よう兄とみつ兄の第《だい》一声は「相田さんどうだった？」だったけど、オレも三音も一瞬《いっしゅん》、なんのことかととまどった。だっていま、オレたちの頭んなかの大半をしめているのは翔太のことだ。いち姉の結婚問題《けっこんもんだい》は完《かん》ペキ頭の隅《すみ》に追《お》いやられていた。

まあ、それってうまくいったから、なんだろうけどさ。

夕ごはんは、バイトに行っているかず兄以外《いがい》、みんなそろった。正確《せいかく》に言うと、みんなプラスイチなんだけど。

どこか微妙《びみょう》な空気が流《なが》れるなかで、とうちゃんは一人、札幌《さっぽろ》では信号機《しんごうき》のライトがタテに並《なら》んでいるとか、キタキツネは雪の中にいて見えないはずの獲物《えもの》を第《だい》六感《かん》っていう能力《のうりょく》を使《つか》って捕《つか》まえるとか、本当かうそかわからないような話をしながら、もりもり食べた。

翔太は野球帽《やきゅうぼう》をかぶったまま、やっぱり箸《はし》をスコップを持《も》つみたいにしてつかんで、食べていた。

「スプーンのほうがいい？」ってかあちゃんが聞くと、翔太はちらと結介を見て、ううんと首をふった。

結介がスプーンを使《つか》ってたら、翔太はうん、って言ってたのかな。そんなこと気にすることとなんてないのに……。

そんなことを考えてたら、三音に「ぼーっとしてる」ってすねを蹴《け》られた。

マジで、暴力反対《ぼうりょくはんたい》！


かあちゃんがオレたちを部屋《へや》に呼《よ》びに来たのは、十時少し前だった。リビングへ行くと食卓《しょくたく》の端《はし》で、バイトに行ってるはずのかず兄がごはんを食べていた。その正面《しょうめん》で、とうちゃんが北海道の地図を広げてなにか説明《せつめい》しているけど、かず兄は興味《きょうみ》なさそうに箸《はし》を動《うご》かしている。

「かず兄、今日バイト早かったんだね」

オレが言うと、かず兄はちらととうちゃんを見て、ため息《いき》をついた。

「シフトかわってもらった。かあちゃんから緊急家族会議《きんきゅうかぞくかいぎ》があるから、ぜったいに帰ってこいってメール入ってたから」

かず兄はそう言って、最後《さいご》の唐揚《からあ》げを口に放《ほう》り込《こ》んで箸《はし》を置《お》いた。

「はいはい」と、かあちゃんが手をたたいた。

「とにかくみんな座《すわ》って」

大きな長方形の食卓《しょくたく》の正面《しょうめん》に、かあちゃんととうちゃん。その左側《ひだりがわ》にいち姉、あゆ姉、よう兄、右側《みぎがわ》にある結介のイスをどかして、オレと三音。かあちゃんたちの正面《しょうめん》に、かず兄が座《すわ》った。

台所《だいどころ》でピーとお湯《ゆ》が沸《わ》く音がすると、いち姉は黙《だま》って席《せき》を立ち、人数分の湯飲《ゆの》みをおぼんにのせてきた。

「みんなそろったね」

そう言って、一呼吸置《こきゅうお》いてかあちゃんが話しはじめようとしたとき、「ん?」とかず兄が妙《みょう》な声を出して、オレたち全員《ぜんいん》の顔に視線《しせん》を動《うご》かした。

「誰《だれ》か足りなくね?」

「本当だ、一つあまった」

いち姉が湯飲《ゆの》みを一つ手にして言うと、あゆ姉が「結介でしょ」って、長いまつげをしばたたかせた。

ジャーッ。

トイレの水を流《なが》す音がして、みつ兄がリビングに入ってきた。

「あ、光希《みつき》!」

「みつ兄」

いち姉とオレが同時に声をあげた。

「なんだよぉ」

オレたちがあわてて首をふると、かず兄がククと笑《わら》った。

「あーひでー。またオレだけ、のけ者《もの》にしたぁ」

みつ兄はテレビの前にある、でかいビーズクッションに、だふっと倒《たお》れ込《こ》むようにして横目《よこめ》でオレたちを見た。

「のけ者《もの》なんかにしてないよ。ねっ」

あゆ姉がめずらしくフォローしたけど、みつ兄はいじけまくってる。

「忘《わす》れてただけだよ」

「そっちのほうがひどくないか？」

三音とよう兄がさらに身《み》もふたもないことを言う。

「まあまあ、存在感《そんざいかん》が薄《うす》いってのも一つの個性《こせい》だからな、個性的《こせいてき》でいいじゃないか」

とうちゃんが明るくみつ兄の背中《せなか》をたたいた。

オレ、こんなこと言われたら一生立ち直れないかも……。

と、みつ兄が顔を上げた。

「オレって個性的《こせいてき》？」

「そりゃそうだろ、なんていうかな、存在感《そんざいかん》が薄《うす》いって言うとイメージよくないけど、影《かげ》が薄《うす》いってことだろ」

同じだよっ。

「すごい個性《こせい》じゃないか」

「……そっか、そうだよね！」

「オレも光希ってすげー個性的《こせいてき》だと思う」

かず兄がもう一押《ひとお》しすると、みつ兄は満面《まんめん》の笑《え》みでオレたちを見まわして、イエイ！　とばかりに親指《おやゆび》を立てた。

すげー。

宇宙《うちゅう》レベルのポジティブさを発揮《はっき》して、みつ兄は三音の隣《となり》に折《お》りたたみのイスを並《なら》べた。

「じゃあ、あらためて」

かあちゃんが背筋《せすじ》を伸《の》ばしたところで、「あっ」と声をもらして、かず兄が立ち上がった。

「わりっ、バイト先から」

ポケットからスマホを出すと、右手を顔の前に立てて廊下《ろうか》へ出た。

その直後……。

「ぎゃ――――――っ！」

かず兄の悲鳴《ひめい》が聞こえた。

なに⁉

オレとよう兄が廊下《ろうか》へ出ると、かず兄は階段《かいだん》のほうを見たまま固《かた》まってる。

つつっとその視線《しせん》の先に目をやると……。

暗《くら》やみの中に翔太が立っていた。


「マジで心臓《しんぞう》止まるかと思った」

かず兄がイスの上でひざを抱《かか》えると、とうちゃんはゲラゲラ笑《わら》った。

つーか、かず兄がびびったのはあたりまえだと思う。

だって、かず兄が帰ってきたときには、もう結介も翔太も布団《ふとん》に入っていて、かず兄は翔太の存在《そんざい》を知らなかったんだから。

いきなり暗《くら》い廊下《ろうか》に、見たこともない子どもが立っていたら、誰《だれ》だってびびる。

かず兄に同情《どうじょう》していると、かあちゃんが部屋《へや》に入ってきた。

「翔太君《くん》、トイレに行きたくて起《お》きちゃったんですって。というよりまだ寝《ね》ていなかったんじゃないかと思うのよね」

「そりゃそうだよ。いきなり知らないところに連《つ》れてこられたら、眠《ねむ》れないよ。ね、あたしついていてあげようか？」

いち姉がイスを引いたけど、かあちゃんがそれを止めた。

「話を先にしたほうがいいと思うの」

そう言ってイスに座《すわ》ると、とうちゃんに「どうぞ」と、視線《しせん》を動《うご》かした。

「どこから話すかな」

「最初《さいしょ》から」

かあちゃんに言われて、とうちゃんは「そうだよなぁ」とアゴをこすった。

「じゃあまずは、ただいま」

そこからですか……。

「おかえりなさい」

かあちゃんが淡々《たんたん》と言うと、とうちゃんはもう一回、「ただいま」と言った。

「北海道に行ったのは、アイスクリームの広告《こうこく》の仕事《しごと》でさ、シマエナガっていう鳥を撮《と》りに行ったんだ」

「とりをとりにだって」

みつ兄がどうでもいいところで反応《はんのう》すると、「うるさい」ってあゆ姉ににらまれた。

「シマエナガってのは、日本では北海道にだけ生息《せいそく》してるてな、雪の妖精《ようせい》なんて言われるくらい、とにかくかわいいんだよ。白くてだるまみたいで」

「そこはとばしていいと思うんだけど」

かあちゃんに言われて、とうちゃんは「そうだな、でも本当にかわいくてさ」と名《な》残惜《ごりお》しそうに言いながら、話をとばした。

とうちゃんは、その仕事《しごと》が終《お》わったあと、最初《さいしょ》は家に戻《もど》るつもりだったって言った。でも、撮影《さつえい》のあいだ通っていた定食屋《ていしょくや》のガレージに、ノラネコの親子がすみ着《つ》いていることに気がついちゃったんだって。

「北海道だぞ、極寒《ごっかん》の地で暮《く》らすノラネコってすごいだろ」

「お父さん、また話がずれてる」

いち姉が言うと、とうちゃんはちっちっと指《ゆび》をふって、鼻《はな》の穴《あな》をふくらませた。

「いや、翔太とはノラネコ親子を撮影《さつえい》しているときに知り合ったんだ」

なんでもノラネコ親子がエサ場にしていた定食屋《ていしょくや》の裏《うら》のアパートに、翔太は住《す》んでいて、毎朝、翔太がパンの耳をあげていたんだって。

あいつにそんなかわいいところがあるのかと、オレは、ノラネコの存在《そんざい》よりそっちに驚《おどろ》いた。

「パンの耳？」

三音が言うと、とうちゃんはうなずいた。

「近所《きんじょ》のパン屋《や》が、使《つか》わないパンの耳をご自由《じゆう》にどうぞって店の前に出してるんだよ」

翔太はそれを毎朝もらってきて、ノラネコ親子にやっていたらしい。

「エサをやるのは、賛否《さんぴ》あるんだろうけどな」

うちの近所《きんじょ》にも『ノラネコにエサを与《あた》えないでください』っていう貼《は》り紙がしてある。だけど食べるものがなかったら、ノラネコたちはどうなるんだろう。食べるものがなかったら、死《し》んじゃうよな。人間だって動物《どうぶつ》だって。

「毎日顔を合わせているうちに、オレと翔太は仲良《なかよ》くなってな。ところがある朝、いつもいる翔太がいなかったんだ。エサ入れにパンの耳も入ってなくて」

とうちゃんはなんとなく気になって、いつも翔太が入っていくアパートの一階《かい》の部屋《へや》へ行ってみたんだって。

「で、ノックをしたら翔太が出てきたんだけど、翔太、泣《な》いててな。おとうちゃんが動《うご》かないって言うから部屋《へや》に上がってみたら、台所《だいどころ》に倒《たお》れてて。意識《いしき》ももうろうとしているし、大急《おおいそ》ぎで救急車《きゅうきゅうしゃ》を呼《よ》んだんだ」

オレたちは思わず顔を見合わせた。

「まあ幸《さいわ》い、命《いのち》に関《かか》わるようなことはなかったんだけどな。過労《かろう》とストレスが原因《げんいん》で倒《たお》れたんだろうって医者《いしゃ》は言ってた」

「母親は?」

かず兄が言うと、とうちゃんは首をふった。

「一年前に事故《じこ》でな。それから一人で子育《こそだ》てをしてきたらしい」

首のうしろに手をあてて、とうちゃんは長く息《いき》を吐《は》いた。

とうちゃんが、こんなに真面目《まじめ》な顔をするのはめずらしい。

「翔太を一人で育《そだ》ててるっていうプレッシャーだとか、不安《ふあん》もあったんだろうけど、半年くらい前に働《はたら》いていた会社がつぶれて、再就職《さいしゅうしょく》も正社員《しゃいん》となると難《むずか》しかったらしい」

「そうよね。再就職《さいしゅうしょく》は難《むずか》しいよね。特《とく》に一人で育《そだ》てているとなると、残業《ざんぎょう》ができないとか、時間のしばりも出てくるだろうし。うちの園でもそういう保護者《ほごしゃ》何人もいるからわかる」

いち姉は深刻《しんこく》そうな顔をしてうなずいた。

そういえば相田さんも一人で、あの小さい子二人を育《そだ》ててんだよな。

「結局《けっきょく》、日雇《ひやと》いでいろいろ仕事《しごと》をして、暮《く》らしてきたらしいんだ。頼《たよ》れるような身内《みうち》もいなくて、一人で抱《かか》え込《こ》んじゃったんだろうな」

「一人で……。大変《たいへん》だったでしょうに」

ぼそりと言ったかあちゃんに、「お母さん」と三音が不安《ふあん》げな声を出した。

「お母さんも大変《たいへん》？」

「えっ？」

「だって一人育《そだ》てるのだって大変《たいへん》なんでしょ!?　お母さんは一人で三音たちの面倒見《めんどう》てるじゃん」

「おいおい」と、とうちゃんが苦《にが》い顔をしながら頭をかいた。

そこまで言ったらさすがにとうちゃんもかわいそうだけど、三音の言ってることはもっともだ。目だけ動《うご》かして、かあちゃんを見ると、かあちゃんはおかしそうに笑《わら》った。

「お母さんにはみんながいるでしょ。そりゃあ家族《かぞく》って、多ければそれなりに大変《たいへん》なことも多いけど、助《たす》けられることもその分あるじゃない。もちろん、お父さんにもいっぱい助《たす》けてもらってるしね」

「だよな」

すかさずとうちゃんは同意《どうい》した。

「翔太のおとうちゃん、あ、小野《おの》さんっていうんだけど、小野さんが入院《にゅういん》している二日間、オレが翔太のうちに泊《と》まって、面倒《めんどう》見てたんだ。で、小野さんが退院《たいいん》してきた晩《ばん》、食事《しょくじ》をごちそうさせてくれって言われてさ、翔太んちでジンギスカンをごちそうになって」

「ジンギスカンって?」

「ひつじの肉と野菜《やさい》を焼《や》いて食うんだけど、まあ、焼《や》き肉みたいなもんだ」

とうちゃんは「うまかったなぁ」と、とろけそうな顔をした。

「それで？」

ああ、それでなと、とうちゃんは真面目《まじめ》な顔に戻《もど》った。

「翔太もおとうちゃんが退院《たいいん》して安心《あんしん》したのもあったんだろうな、メシの途中《とちゅう》で寝《ね》ちゃってさ。そしたら小野さん、しばらく翔太の寝顔《ねがお》を見ていたと思ったら、泣《な》き出して。翔太を施設《しせつ》に預《あず》けることにしたって言うんだ」

心臓《しんぞう》が、どくんとした。

かあちゃんもいち姉も、顔をゆがめた。

「あ、ずっととかじゃなくて、とにかく仕事《しごと》を見つけて、生活が軌道《きどう》にのるまでってことなんだけど」

「でも、それって子どもにはきついよな」

よう兄が食卓《しょくたく》に頬杖《ほおづえ》をついて言うと、あゆ姉もうなずいた。

「でな、それならうちで預《あず》かろうかって」

かず兄は、イスの背《せ》からからだを離《はな》した。

「なんで？　つーかさ、小野さんだっけ、よく、とうちゃんに預《あず》ける気になったよな。入院中《にゅういんちゅう》はどうしようもなかったってとこだろうけど」

だよな、とよう兄もうなずいて、「施設《しせつ》のほうが安心《あんしん》じゃね？」と、とうちゃんの顔を見た。

「わかってないな、オレの人徳《じんとく》だろ」

それはない。と思う。

「なーんてな。そりゃあ、最初《さいしょ》は断《ことわ》られたよ。うちは東京だしな」

だよね。とうちゃんに人徳《じんとく》があるかどうかは置《お》いておくとして、常識《じょうしき》で考えたって
どういう人なのかもわからないやつに、子どもを預《あず》けようなんてふつうは考えない。

しかも遠いし。そんなことはオレだってわかる。

「じゃあなんで？」

あゆ姉が言うと、とうちゃんは笑《わら》った。

「これを見せたんだよ」

とうちゃんは財布《さいふ》の中から、四角に折《お》りたたんであるものを出して、食卓《しょくたく》の上に広
げた。

「げっ」

思わず声がもれた。

だってこれ、このあいだ書いたオレの作文じゃん！

「なんでとうちゃんが持《も》ってんだよ」

「かあちゃんが送《おく》ってくれたからに決《き》まってんだろ」

とうちゃんは平然《へいぜん》と言った。

「かあちゃん！」

「いいじゃない、よく書けてるんだから。というかね、お父さんに一子の話をしなきゃと思っていたんだけど、それには志朗の作文を一緒《いっしょ》に読んでもらったほうがいいかなと思って。それでお父さんの泊《と》まっていた宿《やど》にファックスしたの」

勝手《かって》にごめんね、と、ことばとは裏はらに、少しも悪《わる》びれたふうもなく、かあちゃんは舌《した》を出した。

「どれどれ」

いち姉が食卓《しょくたく》の上に広げてある作文に手をのばしたから、オレはあわてて取《と》り上げて、シャツの中につっこんだ。

「いいじゃない、あたしのことなんでしょ？　なんて書いたの？」

「べつにいち姉のことってわけじゃないよ」

「あっ、また三音の悪口《わるぐち》とか書いてないでしょうね」

「書いてねーよ」

「じゃあ見せて」

まあまあと、とうちゃんが割《わ》って入った。

「志朗の書いた作文を読んで、小野さんは、うちの家族《かぞく》を信用《しんよう》してくれたんだぞ。そんなにひどいことが書いてあるわけないだろ」

勝手《かって》に作文を人に見せるなんてひどい。けど、オレの作文で、見ず知らずの人がオレんちのことを信用《しんよう》してくれたっていうのは、ちょっとうれしいかも。

どうだっ、と見ると、三音はオレをにらみながら、しぶしぶうなずいた。

「ということで、翔太はしばらくうちで預《あず》かることになった。でも預《あず》かるなんて言うと、翔太も気を使《つか》うだろ。だからお客《きゃく》さんじゃなくて、もう一人家族《かぞく》が増《ふ》えたと思ってくれればいいから」

「いいからって」

よう兄がぼそっと言うと、とうちゃんは胸《むね》を張《は》った。

「十人でも十一人でも、そう変《か》わらないだろ」

変《か》わるけどね。うん。うち、いまでもせまいじゃん。トイレだって洗面所《せんめんじょ》だって、毎朝大渋滞《じゅうたい》じゃん。

そんなことをつらつら考えていたら、かあちゃんが笑《わら》い出した。

「お父さんの言ってることはメチャクチャだけどね。でもほら、袖《そで》すり合うも多生《たしょう》の縁《えん》って言うでしょ。お父さんと翔太君《くん》は袖《そで》すり合っちゃったってことよ」

「よく意味《いみ》わかんない」

三音が言うと、かあちゃんが目尻《めじり》を下げた。

「お母さんね、人との出会いって、偶然《ぐうぜん》じゃなくて、必然《ひつぜん》だと思うの。翔太君《くん》がうちに来ることになったのは、お父さんの思いつきとか、その場のノリとか、気まぐれじゃなくて、出会うべくして出会ってるんだって。そういうのお母さん大切にしたいって思ってるの」

「余計意味《よけいいみ》わからなくなってるんだけど」

あゆ姉がまばたきをした。すると、あらっ、とかあちゃんは苦笑《くしょう》してオレたちの顔を見た。

「お父さんとお母さんが出会って結婚《けっこん》したのも、縁《えん》があったからでしょ。それで一子が生まれて、一輝《かずき》が生まれて」

「三音も？」

「もちろん。みんな偶然《ぐうぜん》お父さんとお母さんの子どもに生まれたんじゃなくて、ここに生まれるべくして生まれてきたと思ってるわ」

「それが縁《えん》？」

いち姉が言うと、かあちゃんはうなずいた。

「翔太君《くん》も同じ。唐木田《からきだ》家と縁《えん》があったってこと。だからしばらく一緒《いっしょ》に暮《く》らす。まあ、そんなに難《むずか》しく考えなくていいから」

「わかった！」

満面《まんめん》の笑《え》みで言ったみつ兄に、(マジでわかってんのかよ)と思ったのは、たぶんオレだけじゃないと思う。

「よし、じゃあこれで会議《かいぎ》は終了《しゅうりょう》」

うーんと大きくのびをして立ち上がったとうちゃんに、「ちょっと待《ま》って」といち姉が言った。

「ん?」

「まだなんかあんのかよ」

「なんなのー」

みんなのブーイングのなかで、いち姉は背筋《せすじ》をのばしてぽっと頬《ほほ》をそめた。

「報告《ほうこく》があります。あたし、結婚《けっこん》します」

知ってる。

「うん」

「相田さんいい人そうだね」

「おめでと」

「よかったね」

みんながパラパラと言った。

「ちょっと、みんな反応薄《はんのううす》くない?」

いち姉は不満《ふまん》そうに言ったけど、いち姉の結婚問題《けっこんもんだい》は、オレたちにとってはもう済《す》んだ話なんだからしょうがない。

「タイミング、悪《わる》かったよね」

あゆ姉のことばに、オレたちが苦笑《くしょう》すると、いち姉はとうちゃんを見た。

「お父さんは、驚《おどろ》いてもいいいんじゃない？」

たしかに。

とうちゃんは一人だけ蚊帳《かや》の外にいたんだもんな。いち姉がそう言うのも納得《なっとく》だ。なのに……。

「かあちゃんからおおよそのことは聞いてたし、志朗の作文も読んだし、いまさらなんで驚《おどろ》くんだよ」

「で、でも、反対《はんたい》とかないの？」

「ぜんぜん」

「一応報告《いちおうほうこく》しておくと、相田さんって、三十五歳《さい》で再婚《さいこん》で、子どもが二人いるんだけど」

「それがなにか問題《もんだい》あるわけ？　あっ！　ってことは、オレはじいちゃんか」

すごいなと、とうちゃんはアゴをこすった。

……いち姉、とうちゃんって、こういう人じゃん。

「それにな」

とうちゃんは、いち姉を見た。

「一子のことをオレは信頼《しんらい》してるから。ましてや、かあちゃんがオッケーしたなら、間違《まちが》いないだろ。かあちゃんの人を見る目はたしかだ」

いち姉の表情《ひょうじょう》がふっと緩《ゆる》む。

「お父さん」

「考えてみろ、かあちゃんはオレを選《えら》んだんだからな」

そう言って豪快《ごうかい》に笑《わら》うとうちゃんを見て、いち姉がわずかに首をかしげたのを、オレは見逃《みのが》さなかった。

翔太《しょうた》の野球帽《やきゅうぼう》

翔太は次《つぎ》の日も朝から野球帽《やきゅうぼう》をかぶっていた。リビングの隅《すみ》でなにをすることもなく、ただひざを抱《かか》えてじっとしている。

寝《ね》てんじゃないのか？　と数秒《すうびょう》様子《ようす》をうかがっていると、野球帽《やきゅうぼう》のつばの奥《おく》から、四歳児《さいじ》とは思えないような、ヤンキーばりの目つきでにらんでくる。

それでもなぜか、かあちゃんやいち姉の言うことには素直《すなお》で、さっきも「食器並《しょっきなら》べるの手伝《てつだ》ってくれる」なんてかあちゃんが言ったら、ぱっと立ち上がって、もくもくと皿《さら》を運《はこ》んでいたし、着替《きが》えをいやがって部屋《へや》の中を駆《か》け回っている結介《ゆうすけ》をいち姉が追《お》いかけていると、翔太は先回りして結介を捕獲《ほかく》した。

で、いち姉に「翔太君《くん》ありがとう」って言われて、照《て》れたようにうつむいていた。

ちっ、女と男とで態度違《たいどちが》うってなんだよ。って思ってたら、一概《いちがい》にそうでもないことに気がついた。三音《みおん》の言うことは無視《むし》するし、あゆ姉には近づかない。

まあ、あゆ姉もまだ翔太に対して人見知りしているから、ちょうどいいんだろうけど。

つまりオレの読みでは、翔太は翔太にとって大人って思える人に対《たい》しては、素直《すなお》ってことだ。

「行ってきます！」

サッカー部《ぶ》の朝練《あされん》があるみつ兄は、寝癖《ねぐせ》をつけたまま家を飛《と》び出していくと、次《つぎ》にいち姉が「今日早番だった！」って出かけていった。

洗面所《せんめんじょ》からはさっきからドライヤーの音が聞こえていて、よう兄が納豆《なっとう》をかき混《ま》ぜながら、「あゆ姉、早くしろよな」って怒鳴《どな》ってるし、三音は「靴下《くつした》がない」って、二階《かい》でばたばたやっている。

朝は一日のなかで一番せわしない。

今日はまだ寝《ね》てるけど、とうちゃんが起《お》きてくるとさらにめんどうになる。撮影《さつえい》の日以外《いがい》は、家で仕事《しごと》をしているとうちゃんの朝はゆとりがある。だからトイレでのんびり新聞読んだり、急《いそ》いでるオレたちにちょっかい出したりするんだ。とりあえず八時頃《ごろ》まで寝《ね》ていてほしいっていうのが、オレたちの正直な気持《きも》ちだ。

「翔太君《くん》もごはん食べちゃいなさい」

かあちゃんは窓《まど》の外を見ている翔太を、結介の前に座《すわ》らせた。

食卓《しょくたく》の上には、厚焼《あつや》きたまごと、ウインナー、タマネギとレタスのサラダがそれぞれ大皿《おおざら》に盛《も》られていて、どんぶりの中に納豆《なっとう》が入っている。

うちは基本的《きほんてき》に大皿料理《おおざらりょうり》なんだ。

「ここにあるのを自分でとって食べてね」

かあちゃんは翔太にそう言いながら、結介と翔太、二人分のごはんとみそ汁《しる》をよそった。

「ごちそうさま」

よう兄が食べ終《お》わった茶碗《ちゃわん》を持《も》って立ち上がり、三音が二階《かい》からばたばたと駆《か》け下りてきて、「今日飼育《しいく》当番だから早く行くんだった」と、立ったままウインナーと厚《あつ》焼《や》きたまごをつまんで、「行ってきます」って玄関《げんかん》に行った。

翔太がそれをじっと見ていた。

あーあ、三音のやつ、また翔太にマイナス加点《かてん》されてるし。

オレは関係《かんけい》ないけどねー。

ごはんとみそ汁《しる》をよそって、食卓《しょくたく》へ運《はこ》んでいくと、かあちゃんが顔を上げた。

「志朗《しろう》、翔太君《くん》のこと見てあげて。お願《ねが》いね」

うわ、でた、かあちゃんの〝お願《ねが》い〟。

かあちゃんは結介の皿《さら》にウインナーと厚焼《あつや》きたまごをのせると、台所《だいどころ》へ行った。

しかたない。

「納豆《なっとう》、食う？」

一応《いちおう》気を使《つか》ってオレが言うと、翔太はちょんと顔を前に倒《たお》した。

意外《いがい》と素直《すなお》だ。ついでにおかずを二つずつ小皿《こざら》にのせて、翔太の前に置《お》いた。

「もっと食えるんだったら、自分でとんな」

翔太はもう一回うなずいて、納豆《なっとう》ごはんを食べはじめた。

ん？　目の前で食べている結介と翔太を見ていたら、なんとなく違和感《いわかん》があった。

なんだ？　間違《まちが》い探《さが》しをするみたいに二人を観察《かんさつ》していたら、気がついた。

スプーンだ。二人ともスプーンで食べているんだ。

オレは台所《だいどころ》をちらと見た。

かあちゃんが用意《ようい》したのかな？

スプーンで納豆《なっとう》ごはんを口に運《はこ》んでいる翔太を見ながら、オレは、ががってごはんをかき込《こ》んだ。

「ごちそうさま」

食器《しょっき》を流《なが》しに運《はこ》びながら、小声で「いいの？」と言うと、かあちゃんは茶碗《ちゃわん》を洗《あら》いながら、オレを見た。

「スプーン」

かあちゃんは、「ああ」と苦笑《くしょう》した。

「ごはんはおいしく食べることが最優先《さいゆうせん》だからね」

「そのために箸《はし》をちゃんと使《つか》うことが大事《だいじ》なんじゃないの？」

いつもかあちゃんが言っていることをオレが言うと、かあちゃんは「そうよ」とうなずいた。

「日本人にとってお箸《はし》は、食事《しょくじ》をするための道具《どうぐ》だからね。でも食事《しょくじ》は、箸《はし》を使《つか》うことが目的《もくてき》じゃないでしょ」

「どういうこと？」

「道具《どうぐ》は道具《どうぐ》ってことよ。おいしく食べてもらうのが先決《せんけつ》。食べにくいものを使《つか》っていたら、食べることがいやになるでしょ」

そう言うと、遅刻《ちこく》するよと時計を指《ゆび》さした。

げっ、もう八時過《す》ぎてんじゃん！


学校から帰ってくると、玄関先《げんかん》の植《う》え込《こ》みの前で、とうちゃんと翔太が腹《はら》ばいになっていた。

「なにやってんの？」

「しっ」

とうちゃんはふり向《む》きもしないでひとこと言うと、「今度《こんど》はどうだ？」と翔太のほうにからだを向《む》けた。翔太は起《お》き上がりながら、わずかに首をひねって、手に持《も》っている手のひらサイズのデジカメをとうちゃんに渡《わた》した。

「オッケーオッケー。シャッター切るタイミングよくなってるぞ」

とうちゃんが言うと、翔太はぴくりと口を動《うご》かした。

「写真撮《しゃしんと》ってたんだ」

ああん？　とふり返《かえ》ったとうちゃんは、「おお、志朗か」と、いま気づいたみたいに言った。

「ただいま」

「おかえり。あ、これ見てみろよ、翔太が撮《と》ったんだぞ」

そう言ってデジカメをオレに向《む》けた。

植《う》え込《こ》み奥《おく》に、なにかが写《うつ》ってる。薄暗《うすぐら》くてはっきりとはわからないけどたぶん……。

「ネコ？」

「あたり！」

とうちゃんはうれしそうに言って、野球帽《やきゅうぼう》の上から翔太の頭をがしがしなでた。

「翔太はなかなかセンスがあるぞ」

いや、ネコって言ったのは、このへんにいる動物《どうぶつ》で、このくらいの大きさってなったら、ネコしか思いあたらなかっただけだけど。

「よし、翔太、もっと撮《と》ってみるか」

「とる」

あ、しゃべった。翔太がしゃべったのは、昨日《きのう》「まずい」って言って以来《いらい》だ。

「じゃあこのカメラ、翔太に預《あず》けておくから好《す》きに使《つか》っていいぞ」

とうちゃんはそう言って、くるりとオレのほうを向《む》いた。

「志朗、あと頼《たの》んだぞ。おまえ翔太のアシスタントな」

「えっ、オレが？」

「そっ。オレはいまから現像所《げんぞうしょ》に行かなきゃいけないから。この辺《へん》、案内《あんない》しがてら、撮影《さつえい》スポット探《さが》し、よろしく頼《たの》むわ」

「ちょっ、」

とうちゃんは、オレの都合《つごう》なんか完《かん》ペキ無視《むし》して、「これ部屋《へや》に置《お》いといてやるから」って、背中《せなか》からランドセルをむしり取《と》っていった。

マジかよ……。

ちらと横《よこ》を見ると、翔太はなにも言わず、首からさげているデジカメをじっと見ている。首をかしげてみると、翔太の口元が見えた。昨日《きのう》から、怒《おこ》っているみたいにぎゅっと結《むす》んでた口がやわらかく、ほんの少し開《ひら》いてる。

べつに笑《わら》ってるわけでもないけど、どこかうれしそうに見えた。

これで「出かけるのは、また今度《こんど》な」なんて言ったら、オニだよな、オレ。

しょうがねーな。

「行くぞ」

野球帽《やきゅうぼう》のつばを、ポンとたたいた。

翔太は黙《だま》ってオレのうしろをついてきた。ときどきふり返《かえ》ると、翔太と目が合う。

と、翔太はすぐに顔を下げる。

バス通りに出て、小さな橋《はし》を渡《わた》る手前で左に曲《ま》がると、こんもりとした丘《おか》があって、その下に鳥居《とりい》がある。この神社《じんじゃ》に神主《かんぬし》がいるのを見たことはないし、お参《まい》りに来る人もほとんどいない。なんだか秘密基地《ひみつきち》みたいで、昔《むかし》よくあそんだ。

鳥居《とりい》の端《はし》をくぐって長い階段《かいだん》を上がっていくと、正面《しょうめん》に小さな社があある。その両脇《りょうわき》に狛犬《こまいぬ》があって、狛犬《こまいぬ》の下にネコが二匹《ひき》、寝転《ねころ》んでいた。

ふり返《かえ》ると、翔太がカメラをにぎりしめてじっと正面《しょうめん》を見ている。

「ここ、けっこうネコがいるんだ。だからオレたちはネコ神社《じんじゃ》って言ってるんだけどさ」

翔太はオレの言うことを聞いているのかいないのか、なにも答えず、そっとネコに近づいていった。

オレは手水舎《ちょうずや》の手前にある切り株《かぶ》に腰《こし》を下ろした。

さむっ。

ジャンパーのチャックを口元まで上げて、からだを丸めた。まだ日暮《ひぐ》れまでは少しあるはずだけど、神社《じんじゃ》は高い木で覆《おお》われていて日がさしてこない。

切り株《かぶ》に座《すわ》ったおしりから、じわじわと冷《ひ》えてきた。

さむい。

翔太はネコから少し離《はな》れたところにしゃがんだままで、一向《いっこう》にカメラを向《む》ける様子《ようす》はない。

なにやってんだよ、ちゃっちゃと撮《と》って帰ろうぜ、と翔太の背中《せなか》に念《ねん》を送《おく》ったけど、翔太はピクリともしない。

そりゃ、オレも翔太も超能力者《ちょうのうりょくしゃ》じゃないんだから、念《ねん》なんて届《とど》くわけないことは、わかってんだけどさ……。

「あのさ」

しかたなく声をかけてみたけど、翔太は動《うご》かない。

もしかして座《すわ》ったまま寝《ね》てんじゃないだろうな。と、そばに行ってみると、翔太はそっとカメラをネコに向《む》けた。

あ、動《うご》いた。

翔太のうしろにしゃがんで様子《ようす》を見ていると、カシャッと一度《いちど》、シャッターを切る音がした。

二匹《ひき》のネコは耳をくるっと動《うご》かすと同時に立ち上がって社の下にもぐってしまった。

翔太は静《しず》かに社の前まで行くと、床下《ゆかした》をのぞき込《こ》み、なにか言って立ち上がった。

「かえる」

「あ、うん」

なんでオレが命令《めいれい》されてんだよ。

やや納得《なっとく》はいかないけど、これ以上《いじょう》ここで粘《ねば》られるよりはマシだと思い直して、階《かい》段《だん》に足を向《む》けた。

「……がと」

「えっ、なに？」

オレの問《と》いに、翔太は答えなかったけど、もしかしたら、「ありがとう」って言ったのかな。

翔太の耳が真《ま》っ赤だった。

次《つぎ》の日もその次《つぎ》の日も、そのまた次《つぎ》の日も、オレが学校から帰ってくると、翔太はカメラを首にさげて玄関《げんかん》に出てくる。で、なんにも言わないけど、目で訴《うった》える。

——じんじゃ、つれてけ。

無言《むごん》の圧力《あつりょく》ってやつだ。

「今日も行くの？」

思わず聞いたオレに、翔太は迷《まよ》いなくうなずいた。

オレたちが学校に行ってる間、翔太は家にいる。かあちゃんは三時頃《ごろ》までスーパーにパートに出かけるけど、それまでの時間は週半分はとうちゃんがいるし、とうちゃんが出かけても、かず兄が三時頃《ごろ》までは家にいることが多い。いち姉が休みのときもある。

うちにはなんやかやいって、誰《だれ》か一人くらいは家にいるから、翔太を一人にするってことはない。家にいる間、みんな翔太を公園とか散歩《さんぽ》には連《つ》れ出しているみたいだけど、せいぜい三十分がいいところで、翔太は一日の大半を家の中か、洗濯物《せんたくもの》でいっぱいになっている小さな庭《にわ》か、家の前で過《す》ごしている。

そう考えたら、やっぱり夕方、神社《じんじゃ》へ行くっていうのは楽しみなんだろうな。

「ランドセル置《お》いてくるから待《ま》ってて」

家の中に入ると、リビングに三音がいた。

「なんだよ。いるなら翔太、神社《じんじゃ》に連《つ》れてってやればいいじゃん」

オレが言うと、三音はムッとした。

「言ったもん。三音、一緒《いっしょ》に行ってあげるって言ったもん。でもダメだって」

「なんで？」

「アシスタントは志朗だからって」

そう言って、三音はにやっとした。

最初《さいしょ》に神社《じんじゃ》へ行った日の夜、とうちゃんと風呂《ふろ》に入っていた翔太が「アシスタントってなに」って聞いていた。

「助手《じょしゅ》、つまり手伝《てつだ》ってくれる人のことだ」

「しろうと、じんじゃにいった」

翔太が言うと、とうちゃんは「あぁ」と笑《わら》って、浴槽《よくそう》のお湯《ゆ》をばしゃばしゃと音をたてた。

「そっか、志朗はなかなかいいアシスタントだな。ネコいただろ。あそこをねぐらにしているネコがけっこういるんだよ」

アシスタント力をほめられても、あんまりうれしくないけどさ。

つーか、翔太までオレを志朗って呼《よ》び捨《す》てにするのってどうなんだよ。

「ねっ、そういうことだから、これは志朗の担当《たんとう》」

三音はおやつの塩《しお》せんべいをぱりぱりやりながら、マンガを広げた。

ちっ、「これ部屋《へや》に持《も》ってってといて」ってランドセルを下ろして、袋《ふくろ》に入った二枚《まい》入りの塩《しお》せんべいを二つつかんで外に出た。

「ん」

翔太に塩《しお》せんべいを一袋渡《ふくろわた》すと、黙《だま》って受《う》け取《と》った。毎日こうしてつきあってい
ても、翔太は必要最低限《ひつようさいていげん》のことばしか発《はっ》しない。この場合、塩《しお》せんべいは「ありがと
う」の対象《たいしょう》にはならないらしい。

オレは歩きながらぱりぱり食べたけど、翔太は食べずにポケットに入れた。

神社《じんじゃ》へ着《つ》くと、オレたちはとりあえずネコを探《さが》す。で、見つけると翔太はネコから距離《きょり》を取《と》ってしゃがみ込み、しばらくするとカメラを向《む》ける。

オレはその間、自主《じしゅ》トレと称《しょう》して神社《じんじゃ》の階段《かいだん》を上ったり下りたりしてる。サッカーに熱中《ねっちゅう》しているみつ兄と違《ちが》って、それほどトレーニングなんて真剣《しんけん》にやってるわけじゃないけど、なにかやっていないとヒマでしかたがないんだ。

たんたんたん、と階段《かいだん》を駆《か》け下りているとき、道路《どうろ》のほうから名前を呼《よ》ばれた。

鳥居《とりい》の向《む》こうで同じクラスの水沢《みずさわ》と坂上《さかがみ》が自転車《じてんしゃ》に乗《の》って手をふっている。

「おう」と駆《か》け下りていくと、二人はすぐそこの公園でお笑《わら》い芸人《げいにん》のドンジャラがテレビ番組のロケをしているから、見に行くんだって言った。

ドンジャラはいま、ブレイク中の若手《わかて》お笑《わら》い芸人《げいにん》だ。

「志朗も行こうぜ」

「行く！」

即答《そくとう》してから、一瞬躊躇《いっしゅんちゅうちょ》した。

翔太、どうしよう……。

「志朗ー、早く乗《の》れよ」

大丈夫《だいじょうぶ》、だよな。どうせいつもあと三十分くらいはああしてるし、その間、オレに話しかけてくることもないんだから。そうだ、別《べつ》にオレがいてもいなくても関係《かんけい》ないって。

「よーし、いこーぜ」

階段《かいだん》を見上げてから、オレは水沢の自転車《じてんしゃ》のうしろに乗《の》った。

ぱっと見に行って戻《もど》ってくればいいんだ。大丈夫《だいじょうぶ》。うん、大丈夫《だいじょうぶ》に決《き》まってる。


なのに……。

公園に着《つ》くと、いきなり空が暗《くら》くなった。遠くで雷鳴《らいめい》が聞こえると思ったら、大粒《おおつぶ》の雨が降《ふ》り出した。

ガガガガーン　ゴゴーン。

ビカビカビカ！

うそだろ……。

「うわー降《ふ》ってきた！」

「ロケ中止だって」

「えー」

「きゃーすごい雷《かみなり》」

公園に集《あつ》まっていた人たちがわさわさ散《ち》りはじめた。

「マジかよ」

オレたちはとりあえず、公園の中にある東屋《あずまや》に飛《と》び込《こ》んだ。

ガガガガーン　ゴゴーン。

「すげーな」

坂上が空を見上げて顔をしかめた。

なんで今日に限《かぎ》ってこんな天気なんだよ。

翔太の姿《すがた》が脳裏《のうり》に浮《う》かぶ。

「この時期《じき》に雷《かみなり》かよお」

ビカビカッ。

「うわっ！」

どうしよう。きっとあいつ、オレを探《さが》してる。

翔太……。

すぐに戻《もど》るはずだったんだ。翔太がネコの写真撮《しゃしんと》ってる間に、ドンジャラをちょっとだけ見て、戻《もど》るはずだったんだ。

だって、いつもだったらぜんぜん平気《へいき》だったはずで……。

暗《くら》い空に、白い光がギザギザに走り、一瞬《いっしゅん》空が明るくなる。

ゴゴゴゴゴーン！

「近くに落《お》ちたぜ、これ」

「志朗ラッキーだったな。ネコ神社《じんじゃ》、この辺《へん》では高いからさ、あそこにいたらやばかったかもよ」

ドキッとした。

「なに？　志朗ちゃんびびってんのー」

からかうような声で言った坂上に思わずつかみかかった。

「うわっ、なんだよ」

「カギ」

「はっ？」

「チャリのカギ！」

「へっ、うん」

ポケットから出したカギをオレはひったくるようにしてつかむと、「ちょっと借《か》りる!」と叫《さけ》んで東屋《あずまや》を飛《と》び出した。

公園の入り口に止めてある自転車《じてんしゃ》に乗《の》って、神社《じんじゃ》へ向《む》かう。雨が流《なが》れていく。目に雨つぶが飛《と》び込《こ》んで目を開《あ》けていられない。コンクリートの歩道を顔の前にあてながらペダルを踏《ふ》んだ。

「翔太!」

神社《じんじゃ》の前に自転車《じてんしゃ》を放《ほう》り出して、階段《かいだん》を駆《か》け上がる。

「翔太!」

叫《さけ》んでも、雨の音にかき消《け》されてしまう。

さっき翔太がネコを見ていた社の向《む》こうにある井戸《いど》の前へ走ったけれど、誰《だれ》もいなかった。

「翔太ー、翔太ー」

井戸《いど》の向《む》こうは、竹やぶで、急《きゅう》な斜面《しゃめん》になっている。

まさかここには……と、ちらと目をやったとき、斜面《しゃめん》に見慣《みな》れたものが落《お》ちていた。

野《や》球《きゅう》帽《ぼう》だ。

ドキッとした。

翔太のだって決《き》まったわけじゃない。こんな野球帽《やきゅうぼう》はいくらだって。

竹につかまりながら斜面《しゃめん》を下りていく。雨で土がぬかるんでいて、足元が滑《すべ》る。

もうちょっと、と指《ゆび》をのばした。

指先《ゆびさき》にさわった野球帽《やきゅうぼう》を引き上げると、翔太のかぶっていたのと同じ、Ｆのマークの野球帽《やきゅうぼう》だった。

裏《うら》を見ると、カタカナでショウタと書いてある。

うそだろ。

うそだ、うそだ。

そのとき、頭上から泣《な》き声のようなものが聞こえた。

翔太？　オレは野球帽《やきゅうぼう》を尻《しり》のポケットに入れて、竹につかまりながら、斜面《しゃめん》を登《のぼ》った。

「翔太ー、翔太ー」

息《いき》があがる。

「翔太ー、翔太ー」

にゃー。

雨音にまじって、なにか聞こえた。

にゃーにゃー。

聞こえた。社のほうからネコの鳴き声が聞こえる。

ばしゃっ、と地面《じめん》をけって踵《きびす》を返《かえ》す。土がはねる。

にゃー。

社の下をのぞき込《こ》むと、翔太がいた。翔太の横《よこ》にはいつもの白いネコがしっぽを前足のほうへ巻《ま》き込《こ》むようにして座《すわ》っていた。

「翔太」

床下《ゆかした》にからだを滑《すべ》らすと、翔太がひざを抱《かか》えて震《ふる》えていた。頬《ほほ》に涙《なみだ》のあとがくっきりと残《のこ》って、鼻水《はなみず》がせいだいに垂《た》れている。

「ごめん。すぐ戻《もど》るから大丈夫《だいじょうぶ》だと思って。ちゃんと言っていけばよかった。つーか、行かなければよかった」

「しろぉ」

「怖《こわ》かったよな」

「しろぉ」

翔太がはじめて、オレに向《む》かってオレの名前を呼《よ》んだ。

「マジごめん」

翔太は目を赤くして、小さなこぶしを何度《ど》も何度《ど》もオレにたたきつけてきた。オレはただ「ごめん」って繰《く》り返《かえ》しながら、翔太をギュッとした。

「まだやみそうにないな」

翔太をひざの上に乗《の》せて、床下《ゆかした》で雨のやむのを待《ま》っていたけれど、雨脚《あまあし》は弱くなったと思うとまたすぐに強くなる。

ぎゅるるる、とハラが鳴った。そういえば、今日の給食《きゅうしょく》おかわりしそこねたんだよなぁと、息《いき》をつくと、翔太がアゴを上げてオレを見上げた。

「ん?」

「おなかなった」

「いちいち言わなくていいよ」

オレが苦笑《くしょう》すると、翔太はジャンパーのポケットから塩《しお》せんべいを出した。オレのひざの上で正面《しょうめん》を見たまま、二枚《にまい》あるせんべいの一枚《まい》をぐいとオレの前につきだした。

「くれんの?」

翔太はこくんとうなずく。

きゅるる。

翔太のハラも鳴った。

「いいよ、これ翔太のじゃん」

「あげる」

「……サンキュ」

翔太はもう一枚《まい》の塩《しお》せんべいを半分にしてそれをいくつかに割《わ》って手にのせると、白ネコの前に手を出した。オレもまねして半分に割《わ》って手を出すと、翔太がうれしそうにオレを見上げた。

こんな顔するんだ。

いつも不機嫌《ふきげん》そうで、目が合ってもにこりともしないでにらんでくるのに。でも翔太って、北海道でも毎朝ノラネコに食べ物《もの》をあげてたって言ってたよな。本当はやさしいやつなのかもしれない。

そう思うと、いつもと違《ちが》って見えてくる。ひざの上にいる翔太の頭のてっぺんを眺《なが》めながら、つむじが二個《こ》あるんだなとぼんやりしていたら気がついた。

あ、いつもと違《ちが》うんだ。帽子《ぼうし》かぶってないから。

「翔太」

ポケットから野球帽《やきゅうぼう》を出す。ふり向《む》いた翔太は目をくっと大きくして、ぽろぽろぽろと涙《なみだ》をこぼした。

汚《よご》れたほっぺたに、またスジができる。

この帽子《ぼうし》は、翔太の誕生日《たんじょうび》に翔太のおとうちゃんが野球《やきゅう》を見に連《つ》れてってくれて、そのとき買ってくれたものなんだって、とうちゃんから聞いていた。

「翔太にとってあの野球帽《やきゅうぼう》は、おとうちゃんなんだろうな」

話を聞いたとき、胸《むね》の奥《おく》がしくっとした。どうしようもなく切なかった。だからオレたちは、翔太が帽子《ぼうし》をとらなくても、なんにも言わないようにしてたんだ。

「向《む》こうに落《お》ちてた」

翔太は野球帽《やきゅうぼう》を顔にこすりつけた。

雨が降《ふ》り出す前、強い風が吹《ふ》いていた。たぶん、帽子《ぼうし》はそのとき飛《と》ばされたんだろう。きっと必死《ひっし》に捜《さが》したんだ。捜《さが》したはずだ。でも、翔太には見つけられなかった。

よかった。

見つけられなくて、よかった。

あの斜面《しゃめん》に落《お》ちているのを見つけたら、翔太はきっと取《と》りに行っていた。そうしたらケガをしていたかもしれない。

オレは翔太の頭をごしごしした。

「それにしてもさ、よくここに隠《かく》れようなんて思いついたな」

社の床下《ゆかした》は外から見るより、あんがい高さもあって、しかも手前には幅《はば》の広い階段《かいだん》もあるから風よけにもなる。

「ネコがおしえてくれた」

「翔太って、ネコ好《す》きだよな」

こくん、とうなずく。

「すき」

「そっか。写真《しゃしん》、今日撮《と》れた？」

ぶんとかぶりを振《ふ》った。

「あのさ、前から思ってたんだけど、なんでいつもすぐに撮《と》んないの？」

ここに来ると、翔太は写真《しゃしん》を撮《と》るよりネコのそばでじーっとしている時間のほうが長い。それを見ていると、ついつい早くしろよって思っちゃうんだよなぁ。

「それデジカメだから、ばしばし撮《と》っても大丈夫《だいじょうぶ》だぜ」

「おじちゃんが」

とうちゃんのことか？

「こわがらせちゃだめだよって」

「ネコを？」

「なかよくならないと、いいのとれないんだって」

へー、とうちゃん、そんなこと言ってんだ。たしかにとうちゃんは、撮影《さつえい》に出かけていくとしばらく帰ってこない。北海道からのハガキにも、『ノラネコたちにようやく受《う》け入れてもらいました』とかなんとか書いてあったっけ。あいかわらず意味不明《いみふめい》って思ったけど、そういうもんなのかな。

「そっか」

「いいのとれたら、おとうちゃんにおくる」

「そうだな」

「おとうちゃんもネコすき。おかあちゃんもネコすき」

翔太はオレのひざの上で、いままでほとんどしゃべらなかったのがうそみたいに、よくしゃべった。顔を合わせていないから、話しやすいのかな。

「写真送《しゃしんおく》ったら、きっとよろこぶよ」

翔太は大きくうなずいた。

まだ雨は降《ふ》っているけど、さっきよりはかなり弱くなってきた。これ以上《いじょう》ここにいてもやみそうもないし、なにより暗《くら》い。境内《けいだい》には電灯《でんとう》が一つあるだけなんだ。

「翔太、行くよ」

オレはしゃがんだまま、翔太は腰《こし》をかがめて床下《ゆかした》から出た。

「しろ」

翔太の声に「なに？」とふり向《む》くと、翔太はきょとんとした顔をして、床下《ゆかした》にいる白いネコを指《ゆび》さした。

白ネコだから「しろ」、もっともなネーミングだけど、まぎらわしい。

「しろ、またあしたね」

翔太がたたっと寄《よ》ってきて、オレの指先《ゆびさき》をにぎった。こんなことははじめてでびっくりしたけど、その手をオレはしっかりにぎった。

「志朗！　翔太！」

うす暗《くら》がりのなかで、名前を呼《よ》ばれた。小さな明かりが下のほうからちらちら見える。

「おーい」

階段《かいだん》の上で手をふると懐中電灯《かいちゅうでんとう》の明かりがすっとのびてきた。

「やっぱりここにいた」

「こんなところにいつまでいんだよ」

三音とかず兄だった。

「雨宿《あまやど》りしてた」って言ったら、三音に「ぬれてるじゃん、特《とく》に志朗」って疑《うたが》わしい目つきでにらまれた。

家に着《つ》くと、かあちゃんはホッとした顔をして、オレたちを風呂場《ふろば》へ押《お》し込《こ》んだ。

「よくあったまるのよ。志朗、翔太君洗《くんあら》ってやってね」

「わかってるよ」

そう言いながら脱衣所《だついじょ》で服《ふく》を脱《ぬ》いでいると、ドアの向《む》こうから「ただいまー」って言ういち姉の声がした。

「志朗ー」

ドアが開《あ》いて、いち姉が顔を出した。

「わっ、開《あ》けんなよー」

いち姉はオレの抗議《こうぎ》なんて、ぜんぜん聞こえてないみたいな顔で言った。

「いま坂上君《くん》に会ったんだけど、自転車《じてんしゃ》がどうとか言ってたよ。なにかあったの?」

「あ――っ」

自転車《じてんしゃ》、神社《じんじゃ》の前《まえ》に転《ころ》がしたままだっ!

「翔太、湯船《ゆぶね》に入ってな。かず兄ー、かわりに風呂《ふろ》入って!」

オレは大声で言うと、いま脱《ぬ》いだ服《ふく》をもう一回着《き》て、神社《じんじゃ》まで走った。

雨上がりの空は、いつもより星が澄《す》んで見えた。

でこぼこのままがいい

その夜、翔太《しょうた》は二階《かい》で寝《ね》たいって言った。

オレたちの部屋《へや》に、五人っていうのはさすがに狭《せま》かったけど、それでも翔太は楽しそうだった。

泥《どろ》だらけになった野球帽《やきゅうぼう》は、洗《あら》って、翔太の見えるところに干《ほ》してやったら、かぶっていなくても平気《へいき》だった。

ちなみに、オレはかあちゃんから「どうして自転車《じてんしゃ》なんて借《か》りたのよ」って詰《つ》め寄《よ》られて、翔太を置《お》いてドンジャラを見に行ったことを話したら、めちゃくちゃ怒《おこ》られた。

このあとから、翔太はオレだけじゃなくて、三音《みおん》とも神社《じんじゃ》へ行くようになった。とうちゃんは仕事《しごと》のない日は、朝から翔太と二人で出かけて、写真《しゃしん》を撮《と》って回ってるみたいだ。

「翔太がいると職質《しょくしつ》されないから助《たす》かるんだわ」

とうちゃんはそう言って笑《わら》った。

笑《わら》えることじゃないんだけどな、って思ったけど、「よかったじゃん」って答えておいた。

食事《しょくじ》ももう、スプーンじゃなくて箸《はし》を使《つか》ってる。かあちゃんと翔太は、昼間、小さくちぎったスポンジを、器《うつわ》から器《うつわ》へ箸《はし》で移《うつ》していくあそびをやっていたみたいで、翔太はあっというまに箸《はし》をうまく使《つか》えるようになったんだ。

翔太はすっかりうちに慣《な》れて、いつのまにか翔太がいることは、オレたちのあたりまえになっていた。

気に入らないことって言えば、翔太がオレを「しろう」って呼《よ》ぶことと、翔太のまねをして、結介《ゆうすけ》まで最近《さいきん》「ちろー」って呼《よ》び捨《す》てにすることだ。

そもそもこれは三音が悪《わる》い。

兄ちゃんて呼《よ》べよなっ。

そうして、初雪《はつゆき》が降《ふ》った。

翔太がうちに来て、もうすぐ一か月だ。

そのあいだ二回、翔太は北海道にいるおとうちゃんに写真《しゃしん》を送《おく》ったけど、返事《へんじ》はまだ来ていない。翔太はなんにも言わないけど、毎日、何回も郵便受《ゆうびんう》けを見に行っていることを、オレたちは知っている。

「しろうんち、すき」

いつだったか神社《じんじゃ》に行った帰り道、翔太がぼそっと言った。

「そっか?」

「うん。うるさいから」

オレはぷっと笑《わら》った。

「うるさいじゃなくて、にぎやかだろ」

翔太が照《て》れたように、野球帽《やきゅうぼう》のつばの下からにらんだ。オレがそのつばにとんと手をあてると、帽子《ぼうし》が目の下までずれた。

「いいじゃん、好《す》きならずっといれば」

オレはそう言って、翔太の手を引いた。

そうだ、おとうちゃんからの手紙なんて、待《ま》ってなくていい。翔太はうちにいたほうがきっと幸《しあわ》せだ。みんないるし、さみしいことなんてないじゃん。

そうだ。そうに決《き》まってる。

あのとき、オレが言ったとき、翔太はなんて答えたんだっけ……?


それからまもなく、翔太のおとうちゃんから電話があった。

「小野《おの》さん明日来るってさ」

とうちゃんは受話器《じゅわき》を置《お》くと、夕ごはんを食べているオレたちに言った。

小野さんって誰《だれ》だっけ？

オレも三音もみんな一瞬《いっしゅん》首をかしげたけど、翔太の顔がぱっと明るくなったのを見て気がついた。

翔太のおとうちゃんだ。

「ずいぶん急《きゅう》ね」

かあちゃんが言うと、とうちゃんは「まあなぁ」と言いながら、翔太の頭に手をのせて「よかったな」って笑《わら》った。

とうちゃんの話によると、小野さんは就職《しゅうしょく》が決《き》まって、その仕事《しごと》の研修《けんしゅう》でこっちに来ていて、明日帰るってことだった。

「よかったね」

いち姉もあゆ姉もかず兄も、みんなそう言ったけど、本当にそうなのかな。

その日オレは、翔太になんにも言えなかった。

次《つぎ》の日の朝、みんなは出かける前に、翔太とさよならをした。昼過《ひるす》ぎに小野さんが

来て、オレたちが帰る頃《ころ》には、もう翔太はここにいないからだ。

とうちゃんも撮影《さつえい》が入っているから、見送《みおく》れないんだよな、と残念《ざんねん》そうだった。翔太が、いつも使《つか》っていたデジカメをとうちゃんに返《かえ》すと、とうちゃんはそれを翔太の首に掛《か》けた。

「これは翔太にプレゼントだ。あのノラネコ親子の写真《しゃしん》、撮《と》って送《おく》ってくれよ」

翔太はすごくうれしそうにデジカメをにぎってうなずいた。

いち姉は翔太をギュッと抱《だ》きしめて、「またね」って言って、あゆ姉はお気に入りの香水《こうすい》をシュッと翔太に吹《ふ》きかけた。翔太は「やめろ」って言いながら笑《わら》った。かず兄は「北海道に行ったときは泊《と》めてくれよ」ってちゃっかり約束《やくそく》を取《と》り付《つ》けて、よう兄は「オレも受験《じゅけん》がんばるからな」って、グーにした手を翔太の胸《むね》にあてた。みつ兄は「また来いよー」って言いながら、朝練遅刻《あされんちこく》するってあわてて出かけていった。三音はちょっと泣《な》きそうだったけど、「またおいでよ」って言った。結介はわかっているのか、いないのか、よくわかんないけど、二番目にお気に入りの、都《と》バスのミニカーをしつこく翔太に渡《わた》してた。翔太は「いい」って断《ことわ》ってたけど、かあちゃんが「もらってあげて」って言うと、「ありがと」って言った。

オレは、翔太になんにも言わなかった。っていうより言いたくなかった。

だって、翔太はうちにいたほうがいいってオレは思うから。おとうちゃんと帰ったら、翔太はまた一人でノラネコにパンの耳をあげて、一人で留守番《るすばん》して……。

そんなの、さみしいじゃん。

「行ってきます」

翔太になにも言わないで出かけようとしたら、三音が手を引いた。

「ちゃんとさよならしなよ」

「いいよ、べつに」

オレは怒《おこ》ってんだ。翔太にめちゃくちゃ腹《はら》を立ててるんだ。

「しろう」

「なんだよ」

ふり返《かえ》ると、翔太がなにか言いたげに立っていた。

うちが好《す》きだって言ったのに、翔太はおとうちゃんが迎《むか》えに来るって聞いたら、すごくうれしそうな顔をした。

それってなんだよ。

だからつい……。

「あーよかった、今日から神社《じんじゃ》行かなくてすむし、ゆっくり眠《ねむ》れる！　だいたいあの部屋《へや》に五人は多すぎだっての。これでせいせいするし」

思ってもいないことばっかり口からこぼれた。バカみたいに、翔太を傷《きず》つけることばをぶつけた。傷《きず》つけたくなんてないのに。

「じゃあな」

玄関《げんかん》を出るとき一度《いちど》ふり返《かえ》ったけど、翔太の顔は帽子《ぼうし》のつばに隠《かく》れて見えなかった。

「志朗《しろう》！」

うしろから追《お》いかけてきた三音が、体育着《たいいくぎ》の入った袋《ふくろ》をランドセルにぶつけてきた。

「なにすんだよ！」

「あんなこと言って、ばっかじゃない？　ぜーったい後悔《こうかい》するよ」

「しねーよ」

イライラして怒鳴《どな》ると、三音は大きく息《いき》をついた。

「志朗ってさ、本当にガキだね」

そう言って、オレを追《お》い抜《ぬ》いていった。

うるせーよ。

道の端《はし》の霜柱《しもばしら》をしゃくっとふみつけた。

わかってる。オレは自分で思ってる以上《いじょう》にガキだ。うんとガキだ。

翔太はずっとおとうちゃんが迎《むか》えに来るのを待《ま》っていた。ことばにしたことなんてなかったけど、そのくらいわかってた。

どんなにオレんちに慣《な》れたって、オレんちを好《す》きだって、翔太の家族《かぞく》はおとうちゃんだ。おとうちゃんにかなうわけなんてないのに。

オレはただ、ちょっと悔《くや》しくて、さみしかったんだ。

毎日神社《じんじゃ》へ行くのはめんどうだったけど、けっこう楽しかった。部屋《へや》も狭《せま》いけど、眠《ねむ》れないことなんてなかった。ずっと翔太がうちにいればいいなって、思ってたんだ。

ダメだ。

やっぱりダメだ、このままじゃ……。

オレはバッと、校門の前で踵《きびす》を返《かえ》した。


「翔太！」

声をあげて玄関《げんかん》を開《あ》けると、リビングから野球帽《やきゅうぼう》をかぶった翔太が、驚《おどろ》いたように出てきた。

「さっきはごめん！　オレ、翔太がこんなに急《きゅう》に帰っちゃうなんて思ってなかったから」

翔太はくっと黒目の大きな目を見開《みひら》いた。

「い、いつでも来いよ。困《こま》ったことあったら電話しろよ。あっ、いや、そんなことないほうがいいに決《き》まってんだけどさ」

不吉《ふきつ》なこと言ってんじゃねーよと、自分につっこみを入れる。

「つまり、オレが言いたいのは……、オ、オレは翔太の兄ちゃんだと思ってるから。翔太には兄ちゃんが四人と、姉ちゃんが三人と、弟が一人いるってこと。忘《わす》れんなよ」

翔太がきゅっと唇《くちびる》をかんで、「うん」ってうなずいた。

外から自転車《じてんしゃ》のブレーキ音が聞こえた。「ただいまー、忘《わす》れ物《もの》しちゃった、もう一回保育園《ほいくえん》行ってこなきゃ」と、かあちゃんが駆《か》け込《こ》んできた。

「あら、志朗も忘《わす》れ物《もの》？　早く行きなさいよ」と、ばたばたと部屋《へや》に入っていった。

オレと翔太は思わず顔を見合わせて、くっと笑《わら》った。


その日の午後、翔太はおとうちゃんと一緒《いっしょ》に北海道へ帰った。


「あっ、これ」

夕食のとき、箸立《はした》てに入っている翔太用の箸《はし》に気がついた。

「持《も》たせてあげればよかったね」

いち姉が言うと、よう兄が肩《かた》を上げた。

「いんじゃねー、このままで」

一か月前まで、オレたちと翔太は赤の他人《たにん》だった。それがひょんなことからうちで暮《く》らすようになって、気がついたら翔太は、うちにいてあたりまえの存在《そんざい》になっていた。

翔太がいた場所《ばしょ》に、いま、ぽっかり穴《あな》があいている。

この穴《あな》ぼこ、いつか埋《う》まるのかな？　ううん、きっとムリだ。翔太が作った穴《あな》は、別《べつ》の誰《だれ》かで埋《う》められるもんじゃない。春には、いち姉も結婚《けっこん》してうちを出ていく。家族《かぞく》って変《か》わっていくんだ。

穴《あな》があいたり、ふくらんだりして。でもオレは、きれいに穴《あな》をふさいじゃうより、でこぼこのままがいい。

でこぼこなオレんちは、あっちこっちに転《ころ》がっていきそうだけど、そういうのもおもしろいかな。

翔太の小さな箸《はし》を指《ゆび》ではじく。

箸立《はした》ての中で、ころんと小さく音を立てた。

すうすうすうすうして、少し肌寒《はだざむ》いけど、それが翔太がいた証《あかし》だ。

くしゃん。

三音が一つ、くしゃみをした。

[**著者略歴《ちょしゃりゃくれき》**]

作《さく》・いとうみく

神奈川県《かながわけん》生まれ。『糸子の体重計《たいじゅうけい》』（童心《どうしん》社）で第《だい》46回日本児童文学者協会新人賞《じどうぶんがくしゃきょうかいしんじんしょう》、『空へ』（小峰《こみね》書店）で第《だい》39回日本児童文芸家協会賞受賞《じどうぶんげいかきょうかいしょうじゅしょう》。2016年、『二日月』（そうえん社）が第《だい》62回青少年読書感想文全国《かんそうぶんぜんこく》コンクールの課題《かだい》図書（小学校中学年）に、2017年には『チキン！』（文研出版《けんしゅっぱん》）が第《だい》63回同コンクールの課題《かだい》図書（小学校高学年）に選《えら》ばれる。主《おも》な著書《ちょしょ》に『カーネーション』（くもん出版《しゅっぱん》）、『ひいな』（小学館《しょうがくかん》）、『かあちゃん取扱説明書《とりあつかいせつめいしょ》』（童心《どうしん》社）などがある。季節風同人《きせつふうどうじん》。

画《え》・平澤朋子《ひらさわともこ》

東京都《と》生まれ。武蔵野美術大学卒業《むさしのびじゅつだいがくそつぎょう》。現在《げんざい》、フリーのイラストレーターとして児童書《じどうしょ》の挿《さ》し絵や装画《そうが》を中心《ちゅうしん》に様々《さまざま》な媒体《ばいたい》で活動中《かつどうちゅう》。

[**初出《しょしゅつ》**]

本書は「毎日小学生新聞」（2016年12月８日～2017年３月23日）に連載《れんさい》された「唐木田《からきだ》さんち物語《ものがたり》」を加筆修正《かひつしゅうせい》したものです。

唐木田《からきだ》さんち物語《ものがたり》

印　刷　2017年9月15日
発　行　2017年9月30日

作　いとうみく
画　平澤朋子《ひらさわともこ》

装　丁　黒岩二三

発行人　黒川昭良
発行所　毎日新聞出版
〒102-0074　東京都千代田区九段南1-6-17　千代田会館5階
電話　営業本部　03-6265-6941
図書第一編集部　03-6265-6745

印刷・製本　図書印刷

ISBN978-4-620-32468-5